عزلتي حديقة
مختارات من شعر أدونيس

我的孤独是一座花园

阿多尼斯诗选

[叙利亚] 阿多尼斯 著
薛庆国 选译

译林出版社

图书在版编目（CIP）数据

我的孤独是一座花园：阿多尼斯诗选／（叙利亚）阿多尼斯著；薛庆国译．—南京：译林出版社，2018.10（2025.8重印）

ISBN 978-7-5447-7512-0

Ⅰ.①我…　Ⅱ.①阿…②薛…　Ⅲ.①诗集－叙利亚－现代　Ⅳ.①I376.25

中国版本图书馆 CIP 数据核字（2018）第 203446 号

我的孤独是一座花园：阿多尼斯诗选［叙利亚］阿多尼斯／著　薛庆国／译

责任编辑　张　睿　王理行
责任印制　董　虎

出版发行　译林出版社
地　　址　南京市湖南路 1 号 A 楼
邮　　箱　yilin@yilin.com
网　　址　www.yilin.com
市场热线　025-86633278
排　　版　南京展望文化发展有限公司
印　　刷　江苏凤凰盐城印刷有限公司
开　　本　890 毫米 × 1240 毫米　1/32
印　　张　9.75
插　　页　4
版　　次　2018 年 10 月第 1 版
印　　次　2025 年 8 月第 22 次印刷
书　　号　ISBN 978-7-5447-7512-0
定　　价　59.00 元

[叙利亚] 阿多尼斯

تفويض

أنا الموقّع أدونيس (علي إسبر) أفوّض دار يي لين للنشر في الصين بنشر مختارات من شعري باللغة الصينية ، شاكراً المترجم والناشر.

باريس في 12 نوفمبر 2008

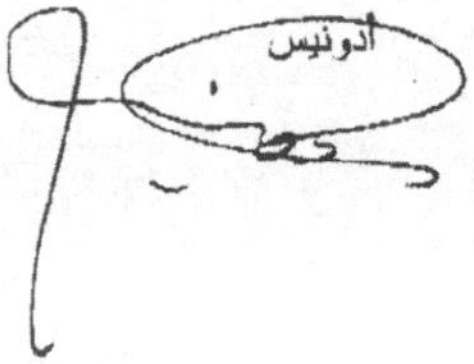

授权书

本人阿多尼斯（阿里·伊斯伯尔）授权译林出版社在中国出版我诗歌选集的中文译本，谨向译者及出版社致以谢意。

阿多尼斯

2008年11月12日于巴黎

目 录

什么是诗歌精神?
——阿多尼斯诗选中译本序

杨 炼

什么是诗歌精神?当我想到这个句子,自己都哑然失笑。在号称后现代的今天,谁敢这样提问呢?对于习惯肢解诗歌器官的学者,这个问题太笼统了。对于热衷以小圈子划分地盘的诗人团伙,这个问题太宽泛了。简单地说,它太"大"了,大得容不下流行的诗歌分类学。这个问题,不是要在一首诗里翻读出一段时间、一种观念、一个流派。恰恰相反,它之提出,正在于真正的诗人对任何分类法发自内心的不信任。或许,发明"诗"——"寺中之言"——这个汉字的人,也已一举造就了我们的命运:像一名巫师,从混沌中发掘万物的关联,又在关联中醒悟真谛。我们知道,确实存在某种贯穿了所有诗歌的东西。每当我们调动生命的全部能量,聚焦于一个句子,就通过写,在贴近它、确认它。我们知道,自己有朝一日也将整个融入它。这是为什么我写得越多、越久,离所谓"当代"越遥远,却感到屈原、杜甫日益亲近;同时,也对是否"中国"愈不在意,因为诗歌比国界、语种深远得多,它的精神血缘,毫无障碍地流注于不同语言之间,构成一个只有诗人能被允许进入的国度。和《离骚》的纵横神话、历史、现实、自我比,和《神曲》的穿透地狱、净界、天堂比,"诗歌精神"一词太大了吗?或相反,远远不够?对那个潜藏于诗人心底、不停向地平线驱逐我们、同时保持着最高沉默的“剥离了神灵的神秘主义”(阿多尼斯语),我仍在像老子一样“强名之”。这个寒冷的冬日下午,我在伦敦寓所近旁的公园散步,心中沉吟着电话里那个声音:阿多尼斯请我为他的中译诗选写一篇序言。

诗人相遇,总是既偶然又必然。我之认可阿多尼斯是一位朋友,绝非因为他被称为当代阿拉伯语诗歌的代表人物。基于中文的经验,我们已经很了解,所谓“代表”能误会得多远。和阿多尼斯交往,一言以蔽之,有种精神上的全面满足。两个诗人,跨越地域、年龄、语言、文化,那思想上的充分契合,唯一用得上的形容词是:美。不仅仅是巧合吧,“阿多尼斯”在希腊神话里,恰恰是令维纳斯神魂颠倒的美少年。我和阿多尼斯的第一次见面,是在 2003 年 8 月首届约旦国际诗歌节上。谁能拒绝这样的诱惑呢?在“9·11”之后,到死海边那个火药库一样的地点,探访世界上最古老却也最陌生的文化传统之一,让抽紧的神经因为神秘而加倍兴奋!事实也不让人失望:死海上的载沉载浮,“摩西谷”讲述的《圣经》故事,古罗马大理石的废墟,阿拉伯市场的五光十色,沙漠明月下激情迸溅的贝都因民歌……可惜,这类异国情调,对于背后站着中文背景的我,有趣但是不够。我并非仅仅到此旅游而来,正像我不希望外国诗人只把对我作品的理解,停留在文化观光层次上一样。再借用屈原,我想接触当代阿拉伯诗歌的“内美”。特别是,在中东纠缠成死结的现实处境下,一位阿拉伯诗人怎样做到精神上充分独立同时艺术上自觉保持丰富?就是说,拒绝被无论什么原因简单化。这与其说在问别人,不如说干脆就在问我自己。这问题压根就是“中国的”,没有那些中文语境中痛苦的记忆,我也不必寻找它山之石。更进一步,这问题不仅是文学的,更是思想的。它不容忍取巧和回避,而直接检测一位诗人的精神质地。你如果没深思在先,对不起,就没法掩饰头脑中那片触目的空白！怀着这个隐秘的愿望，我在约旦见到了阿多尼斯。我至今记得，在安曼侯赛因国王中心的诗歌节开幕式上，老诗人端坐于一张阿拉伯地毯（是飞毯吗？），吟诵之声低昂苍凉，缓缓流出。周围上千听众屏息凝神。那张音乐的飞毯，托起所有人，包括我这个此前和阿拉伯文无缘的中国“鬼佬”，上升，平移，逾越黄沙碧海。后来，我了解到，阿多尼斯那一晚朗诵的是一首关于纽约的长诗。

我和阿多尼斯在约旦做的对话《诗歌将拯救我们》[①]，堪称当代汉语诗人和当代阿拉伯诗人的首次思想相遇。我说“诗人”，而没说“诗歌”，是因为对我来说，那篇对话不期而然凸显出的，与其说是诗歌状况，不如说是两个相距遥远的文化中，独立思想者相似得令人瞠目的处境：我们和自己语言、文化的紧张关系，我们被外部世界简单化的遭遇，更重要的是，我们选择的极为相似的应对立场。这里的“首次”，指的是我们终于摆脱欧美媒体的转手，而第一次由两个诗人面对面、心对心地直接交流，在貌似轻松顽皮的语调中，带出心里深厚的沉积。我无意在此复述整篇对话，但只要稍事梳理话题的线索，读者就不难感到这短短几千字的分量。我们的对话从语言之思开始，阿拉伯语对事物观察的方式，翻译成中文简直就是“意象”和“比兴”。语言不直接谈论现实是因为其实没有“现实”，因此，语言本身即全部隐喻。中文和阿拉伯文的独特性，带来各自文化转型中的复杂性，但这复杂常常被外部世界简单化为拥护或打倒，取消诗歌内在的丰富，迫使它沦为宣传。这是另一种诗歌的商品化。真正的诗人必须对此充满警觉，同时，对自己的文化保持自觉，包括通过明晰的批判去更新它。具体地说，既不借流行的政治口号贩卖自己，又坚持自己对现实的明确态度。各种权力体制同样在假文化之名扼杀独立思维，而反抗这种扼杀，使诗与人本质合一。和阿拉伯环境相比，中国诗人面对现实的内心抉择就轻松太多了，但请想象，一个诗人

①《诗歌将拯救我们》：发表于《书城》杂志 2003 年第 10 期。

要有多大勇气，才敢对拥有亿万追随者的宗教神本主义的思想控制说“不”，那声音和黑暗的无边无际相比多么微弱！这样的诗人必定是流亡者，但他的“流亡”一词，被赋予了主动的、积极的含义，那其实是创造性的自我本来的精神定义。也因此，“孤独”成了“独立”的同义词。“距离”提供了反思自己母语和文化的能力。生存挑战的急迫，反证出诗歌对存在的意义。它决不只是装饰品，它是每个诗人最后的安身立命之所，而且，仍是我们古老文化的鲜活的能源。归结到底，人性之美蕴含了诗歌之美。这美丽不依赖外在时间。诗歌本身就是时间。它终将安顿我们，尽管历尽劫难。

那么，什么是诗歌精神？答案是否已隐含在这里了？那就是：以“诗歌”一词命名的、持续激活诗人的精神。阿多尼斯在《谈诗歌》中开宗明义：“我的作品力求超越细节抵达整体，同时揭示有形与无形的事物。”这时，他其实是在要求，我们应该从他的诗作里，读出无数本互相关联在一起的书。语言学的，文学的，文化的，历史的，现实的，政治的，天文地理的，甚至爱情和色情的。一句话：整个生活。这种视野，让我直接想到屈原的《天问》：“曰遂古之初，谁传道之？”一句话已把质疑定在了创世纪的起点，而一个“曰”字，又圈定了人在语言中的先天局限。我也想起初次读到叶芝《幻象》时的震撼，它让我懂得：得有一个多么深邃宏富的精神宇宙，才支撑得起一首诗的寥寥数语！说到底，诗歌就是思想。虽然，那不等于逻辑化的枯燥陈述。我在别处说过，谁要做一个当代中国艺术家，她／他必须是一个大思想家，小一点儿都不行。因为我们的历史资源太丰富、文化困境太深刻、现实冲突太激烈，对自我的提问太幽暗曲折，仅仅一个汉字的迷宫就满布陷阱，要想“自觉”，谈何容易！我还没读过阿多尼斯的四大卷哲学与文化巨著《稳定与变化》，但，他的主题直逼核心：阿拉伯世界的时间观如何以巨石般的稳定，压倒了变化的可能。这简直就在对中国诗人说话：文革后，我们睁开眼睛时，与其说看见了“时间的痛苦”，毋宁说根本就是“没有时间的痛苦”。所谓怪圈，究竟有没有“圈”？或干脆原地未动？那么，看起来灯红酒绿的现在呢？这个“有形”背后是何种“无形”？一本本书深处潜藏的“原版”是什么？历史活着、疼痛、困惑、终至肯定，真正的文学，哪有不“宏大”的叙事？

一个问题中的问题：我们还有向自己提问的能力吗？没办法，诗歌精神就是把每首诗变成《天问》，变成史诗。命定如此，否则什么都不是。

阿多尼斯对我说：“我最重要的作品是长诗。”这又心有灵犀了。长，不是为长而长，那是诗意深度对形式的选择。长诗之美，正在他强调的“整体”。犹如群山中有流云、有瀑布、有密林，你能贴近去欣赏每片叶子的美，但没有一个局部能代替整体。长诗要求诗人拥有如下能力：完整地把握经验，提取哲学意识，建构语言空间，最终一切统合于音乐想象力。用阿多尼斯的话：“它的各个层面都是开放的。”就是说，它必是一种语言的观念艺术，且让每个细部充满实验性。一次，我开玩笑说：我们得小心区别“玩意儿”和“镇国之宝”。一位当代阿拉伯或中国的诗人，绝不应仅仅满足当一位首饰匠，靠装配几个漂亮句子取乐。诗歌是有“第一义”的，那就是修炼出纯正灵魂的人，香草美人（阿多尼斯？）之人。听其言，阅其文，如聆仙乐，汩汩灌来。此中精彩，岂是肤浅的雕琢能够胜任的？我们该写值得一写的诗，“配得上”这动荡时代的诗。在我和阿多尼斯之间，哪有“文化的冲突”？离开了冷战的或阿拉伯——西方式的群体对抗模式，我们把公约数定在“个人的美学反抗”上，这被分享的诗意，荡漾在比语言更深的地方。各种各样的全球化之间，至少这种全球化是我向往的：诗歌精神的全球化。当一位美国诗人和一位伊拉克诗人一起朗诵，你会发现：他们的作品多么像。同理，让阿多尼斯和我最愉快的，莫过于能从对方的字里行间读出“我自己”：不安，震荡，追寻，超越。永远出发，却永无抵达。一次次濒临“从岸边眺望自己出海之处”[1]，把所有旅行都纳入一个内在的旅程，去书写一生那部长诗。

诗歌精神的语法，贯穿在这部大书之内，通透璀璨。它，是我们唯一的母语。

伦敦，2009 年 1 月 6 日

① 引自杨炼组诗《大海停止之处》。

"风与光的君王"
——译者序

薛庆国

他的故国是叙利亚,在一个叫做卡萨宾的海滨村庄出生、成长。
他拥有黎巴嫩国籍,又常年定居巴黎——他自我放逐的地方。
他在诗中写道:"他有多重身份,因为他只有一个国度:自由。"
他还说过:"我真正的祖国,是阿拉伯语。"
他的名字是阿里·艾哈迈德·赛义德·伊斯伯尔。
阿多尼斯也是他的名字。

阿里——阿多尼斯——1930 年出生于一个贫困的农民之家。因为贫穷,他 13 岁时尚未进入学校读书,但庆幸的是,父亲虽是农民,血液里却继承了阿拉伯民族对诗歌的热爱。在父亲的引领下,他进入了阿拉伯古典诗歌的奇妙世界。在学习、背诵古诗之余,他的诗才也逐渐展露。1944 年,当时的叙利亚总统前往阿里家乡附近的塔尔图斯城巡视,少年阿里有机会对总统吟诵了一首自己创作的爱国诗歌,总统大为赏识,并当场允诺由国家资助他就读城里的法国学校。阿里入学后苦读法文,两年后便能阅读法国诗人的原文作品。随后,他进入大学攻读哲学,并开始以"阿多尼斯"(希腊神话中的美少年，叙利亚国王忒伊亚斯之子)为笔名发表诗作。大学毕业后，他进入叙利亚军队服役，其间因为曾加入过左翼政党而入狱一年。1956年，发生了一件戏剧性的事情：他结束兵役后只身前往邻国黎巴嫩谋生，刚进入黎巴嫩国境五分钟，叙利亚便宣布全国总动员，同埃及并肩作战，抗击发动苏伊士运河战争的英、法、以三国。只不过短短几分钟的时间，叙利亚少了一名士兵，却多了一位诗人。

在贝鲁特，阿多尼斯结识了诗人优素福·哈勒，两人意趣相投，共同创办了在阿拉伯现代诗歌史上具有革命意义的杂志《诗歌》，为阿拉伯先锋派诗人提供阵地。此后，他又担任另一份文学刊物《立场》的主编，并在黎巴嫩大学任教。作为诗人、学者、思想家的阿多尼斯，对贝鲁特这个阿拉伯世界"政治的边缘、文化的中心"情有独钟，并经申请获得了黎巴嫩国籍。1973年，他以优异成绩获贝鲁特圣约瑟大学博士学位，其旨在重写阿拉伯思想史的博士论文《稳定与变化》分四卷出版后，在阿拉伯文化界引起震动。20世纪80年代，阿多尼斯旅居巴黎，并任西方多所大学客座教授。80年代以来，他曾荣获布鲁塞尔文学奖、土耳其希克梅特文学奖、马其顿金冠诗歌奖、阿联酋苏尔坦·阿维斯诗歌奖、法国的让·马里奥外国文学奖和马克斯·雅各布外国图书奖、意大利的诺尼诺诗歌奖和格林扎纳·卡佛文学奖等国际大奖。近年来，他还一直是诺贝尔文学奖的热门人选。

阿多尼斯是一位著作等身的诗人、思想家、文学理论家、翻译家、画家。除了极为丰富的诗歌创作外，他还著有十余种文学评论与思想理论著作，编选过多部阿拉伯古代与现代诗集，并有十几部译作问世。近年来，阿多尼斯还尝试涉足现代绘画，在巴黎举办过个人画展。他绘制的具有现代风格的抽象画，常被用作自己诗集的封面和插图。

阿多尼斯是阿拉伯诗歌现代化最积极的倡导者，他提出的一系列诗学见解，为阿拉伯新诗的发展奠定了理论基础。在他看来，以新诗运动为标志的阿拉伯诗歌现代化，关键并不在于形式的革新,而在于内容、语言的革新,在于看待人生、宇宙观念的革新。因此,诗歌体现的不仅是文学与审美的问题,更是一个重大的文化问题,是一个“关乎人、存在、人道与文明的问题”。新诗首先应该代表一种新的观念,“其核心是探寻与抗议:对各种可能性作探寻,对主流发出抗议”。新诗不能满足于像浪漫主义诗人那样抒发感情，而应体现全面、崭新的文化观,表达对人生、社会的全新认识。诗歌也不能满足于像现实主义诗人那样反映现实,而应该启迪读者,如火焰一样为他们照亮新的天际。文学应与政治分开,不应沦为宣传意识形态的工具。诗歌是一种最崇高的表达人的方式,应着力探索心灵、爱情、疑问、惊奇和死亡的领地。现代性并不在于时间的新近,而在于是否具有创新、突破的精神。诗歌现代化没有止境,没有界限,而是一个不断变化、求索、超越、反思的历程。要实现诗歌现代化,既应该借鉴西方现代思想与理论,又应该从阿拉伯文化、文学传统中汲取养分。对传统应该重估,尤其应发掘遭主流意识形态长期压制、排斥的革新思想的价值。重估传统应回归到对经典文本本身的重读,而不应依赖注释家对文本的注释与解读。

阿多尼斯的诗歌属阳春白雪,知音主要是文化水准较高的诗歌爱好者;他主张变革、创新的诗学理论虽具有革命性,但其影响也主要集中在文坛诗界。然而,他对阿拉伯政治、文化、社会作出的空前尖锐而深刻的批判,则对整个阿拉伯知识界产生了重大影响,也使他成为当今阿拉伯世界最具争议的文化人之一。

祖国与民族不幸的现状,是阿多尼斯忧伤与悲愤的根源。在他看来,阿拉伯民族有着辉煌的过去,丰富的遗产,其人力资源、战略位置、物质财富均得天独厚,历史上也曾有过气度恢宏的开放,致力于不同民族的和平共处。有了这些良好的条件,当代阿拉伯人完全应该在人类文明的建设中发挥独特的历史性作用，但可悲的是,阿拉伯的现实与之相反。在阿多尼斯看来："今天的阿拉伯，是历史上几个黑暗时期——蒙古人洗劫巴格达，拜占庭的战争，安达卢西亚的沦陷，奥斯曼的殖民，巴勒斯坦的割让——的延续。"为了揭示阿拉伯现实困境的根源，他不畏其艰，深入考察了阿拉伯思想与文化史。他在巨著《稳定与变化》中指出：阿拉伯思想史的主要特征是"稳定"，这种稳定近乎"沉睡"，已成为妨碍阿拉伯人前进的桎梏；阿拉伯文化的真正价值在于其中长期受到排斥、处于边缘的"变化"因素；以"变化"超越"稳定"，是阿拉伯文化的希望所在。他还深刻解剖了阿拉伯政治现实，揭示了阿拉伯文化、社会与政治中存在的诸多弊端，如：因循守旧思想严重，宗教蒙昧主义肆虐，专制、腐败的政治文化盛行，反省与质疑的意识匮缺……阿多尼斯对传统与现实的批判，往往思想尖锐，言辞激烈。譬如，对于阿拉伯世界的专制统治者，他这样予以痛斥：

> 面临着犹太复国主义的蚕食、帝国主义的凌辱与奴役，面对外来的野蛮，那些以另一种形式的野蛮对待自己人民的政府，那些不断侵犯国民的权利，实行紧急状态，建立特别法庭，肆意拘捕无辜，剥夺公民办报、建党、结社的自由，甚至剥夺他们言论和工作自由的政府，那些将自己的人民淹没在腐败、疾病、失业、文盲、饥饿、污染、沙漠化、水荒之中，拜倒在西方技术成就脚下的政府，如何能够实现进步，抵抗外来的霸权主义？那些奴役自己人民的政府如何摆脱来自外部的奴役？那些不停地摧毁自己人民力量源泉的政府，凭什么力量去和外敌斗争？

阿多尼斯思想中质疑传统、抗拒权势、批判时俗、忧国忧民的意识，既和纪伯伦、塔哈·侯赛因、马哈福兹这些阿拉伯文学大师一脉相承，也和全人类的思想、文化精英遥相对接。阿多尼斯对阿拉伯社会文化的批判之尖锐和激烈，可以和鲁迅对中国传统社会文化的批判相提并论，两者同样具有振聋发聩、惊世骇俗的效应。正是这些激烈的批判与呐喊，在阿拉伯当代文化的死水中激起漪澜，让人们看到了阿拉伯文化变革与新生的希望。

阿多尼斯自20世纪50年代开始发表诗作，其诗集有《最初的诗篇》(1957)、《风中的树叶》(1958)、《大马士革的米赫亚尔之歌》(1961)、《随日夜的领地而变化迁徙》(1965)、《戏剧与镜子》(1968)、《灰与花之间的时间》(1970)、《这是我的名字》(1971)、《复数形式的单数》(1975)、《长诗五首》(1979)、《对应与初始》(1979)、《围困》(1985)、《行进在物质地图上的欲望》(1987)、《纪念朦胧与清晰的事物》(1988)、《第二套字母》(1994)、《书：昨天、空间、现在》(三卷，1995—2002)、《风的作品之目录》(1998)、《身体之初，大海之末》(2003)、《预言吧，盲人！》(2003)、《女人身体上撕裂的历史》(2007)、《安静，哈姆雷特：你能嗅到奥菲莉娅的疯狂》(2008)、《出售星辰之书的书商》(2008)等。

在诗歌创作中，阿多尼斯践行着自己极具革命意义的诗歌理论和文化思想。诗人阿多尼斯是一位态度鲜明的叛逆者，他毫不讳言地宣称："我是鬼魅的主人。""我生活在火与瘟疫之间/在一本传授秘密和堕落的书本里。""我是个背叛者，我向被诅咒的道路/出卖我的生命，/我是背叛的主宰。"对于传统的价值观，他是一位辛辣的嘲讽者："什么是通行的道德？/——蜡烛，快要熄灭在令人窒息的洞穴里。""什么是绝对？/大脑来了月经。"对于世俗的观念，他是一位彻底的颠覆者："罪过：对自由的另一种赞美。""你与你的时代作对吗？/那么，你走在一条通往更深、更美境界的路上。"他以歌唱来抗拒压迫与恐惧："我由于恐惧而歌唱/我由于被压迫的反抗而歌唱。"他以讥讽表达了对暴君的蔑视："给老鼠一根皮鞭/它会像暴君那样趾高气扬/老鼠的子宫里挤着一头羊和一只狼。”他对这个世界的抗争，显示着百折不挠的倔强和信念：“世界让我遍体鳞伤，/但伤口长出的却是翅膀。”他心甘情愿，要做西西弗那样落难者的同道：“我发誓为西西弗分担/那块沉默的山岩/……我发誓要和西西弗同在。”在诗中，他骄傲地宣告自己的卓尔不群：“今天，我有自己的语言，有我自己的疆域、土地和禀赋。”他也毫不掩饰张扬的个性和大写的自我：“我让自己登基，/做风的君王。”“一切都在我的眼底，从旅程的第一步起。”

阿多尼斯的叛逆，在某种程度上，固然源自一个生命力、创造力极其旺盛的诗人内心的躁动，但无疑，它更源自诗人对自己所处的国家、民族乃至这个时代境况的失望。在阿拉伯文化中，诗歌一向被视为“阿拉伯人的文献”，意即诗歌是诗人所处时代的忠实反映。在这一意义上，阿多尼斯的诗歌，也可以被视为“当代阿拉伯人的文献”，是了解当代阿拉伯社会一个不可或缺的窗口。诗人阿多尼斯为祖国蒙受的苦难而伤怀：“在这个灾难织就、鲜血铸成的时代，/每天都有一个颤抖的身体在太阳面前醒来，/它的名字是——祖国。”也为诗人自身不被祖国所容而喟叹：“诗人啊，你的祖国，/就是你必定被逐而离去的地方。”他还为整个阿拉伯民族的不幸与落伍而忧戚、悲愤：“阿拉伯的大地是忧伤的，/她的忧伤是语言额头的皱纹。”“时光，在阿拉伯社会停止了工作，/尽管如此，看来只有它还在工作。”他在诗中描绘了一系列阿拉伯城市的颓败景象：“试着去注视T城的白昼，/你发现的只会是黑夜。”“在名叫Z城的器皿里，/生长着叫做‘杀戮’的永不凋谢的植物。”“只有极少数的人能够否认：/在G城，二十世纪之后来临的，/是公元十世纪。”在富有理想主义色彩的诗人眼里，甚至人类社会的20世纪也远非一个值得赞美的世纪，而是一个光怪陆离、诡异可怖的时代：

棺材覆盖着儿童的脸庞
书本
书写在乌鸦的内脏
野兽举着一朵花在踱步
岩石
在狂人的两肺间呼吸
这
这就是二十世纪。

在抨击现实时总有一副金刚怒目、桀骜不驯姿态的阿多尼斯，还往往超越阿拉伯的时空，站在全人类的高度俯瞰人生万象。死亡与生命、希望与绝望、光明与黑暗、爱情与肉欲这些古今诗歌的永恒主题，也构成了阿多尼斯反复咏叹的主调。得益于深厚的阿拉伯文化根基和西方文化的滋养，以及饱经沧桑的生活经历和充盈灵动的天赋诗才，阿多尼斯对千百年来东西方文人骚客反复吟咏的那些主题作出新的诠释，赋予新的意象。他在诗中呈现的人生观、世界观，其底色是灰暗、冷峻的："黑暗是包围四周的暴君。""时光是风，/ 自死亡的方向吹来。""怀着厌倦的落魄 / 我每时每刻都在 / 填平希望的湖泊。"然而，灰暗的底色下却透射出希望的光芒，死亡的沉寂中也有着生命的脉动："跪曲着，黑暗降生了；/ 挺立着，光明降生了。""死亡来自背后，/ 即使它看上去来自前方：/ 前方只属于生命。""绝望长着手指，/ 但它只能抓住 / 死去的蝴蝶。"这些看似信手拈来的美丽短章，在阿多尼斯的诗作中俯拾皆是，其中蕴涵的神韵与智慧、信念与意识，是古今相通、东西合璧的结晶，达到了超凡脱俗、深长隽永的境界，足以让读者在玩味、联想之余，感悟人生的启迪。

阿多尼斯的诗作中自然也不乏情诗。按照阿拉伯文化的传统，在灵与肉、爱情与身体这样的二元对立中，肉与身体总是受到贬抑的一元。阿多尼斯的诗歌却要为身体和肉欲正名，他用美丽的词语讴歌身体："词语的天空 / 容纳不下身体的绚丽。" 甚至以这样既直露又含蓄、堪称奇思妙想的诗句赞美身体："什么是肚脐眼?/ 两个天堂之间的中途。"即便是在耄耋之年创作的情诗集《身体之初，大海之末》中，他依然以无惧世俗的"少年狂"的笔触写道："为什么，我们不把身体 / 献给它乖戾的欲念 / 无论它被人怎样摹描?"他的情诗还分明流露出某种挥之不去的沧桑感，因而既超越了卿卿我我的俗趣，也摆脱了玩世不恭的粗鄙，爱情的书写中平添几分属于生命与时间的力度和苍凉："我该如何形容我们的爱情 / 被这个时代的皱纹收纳的爱情?"爱情，也从男女恋情上升到人的存在意义的高度：

无论爱情是神灵
是游戏，还是一场偶然
只有在爱情里，我们岁月的荒芜
才能找到荫蔽

阿拉伯社会自古以来就是一个宗教气息浓厚的社会，因此，阿多尼斯也和阿拉伯现代文学的巨匠们一样，对宗教、对人与神的关系给予格外的关注。虽然他来自一个宗教文化占主导地位的社会，但他却在诗歌中高举人的旗帜，挑战弥漫于阿拉伯社会的神本主义和宗教保守主义。在他早期创作的著名诗集《大马士革的米赫亚尔之歌》中，他怀着"全知全觉者的困惑"，拒绝在上帝和魔鬼之间作出似乎是显而易见的选择：

我不选择上帝，也不选择魔鬼，
两者都是墙，
都会将我的双眼蒙上。

难道我要用一堵墙去换另一堵墙？
我的困惑是照明者的困惑，
是全知全觉者的困惑……

他还发出这样的豪言："我在上帝和魔鬼的上方跨越/我的道路/比神灵和魔鬼的道路更为遥远。"他以惊人的勇气，在东方的阿拉伯遥相呼应尼采"上帝死了"的宣言："我把瞎眼的石头神和七日之神/更换成死去的神灵。""如果没有创造神灵我们会死/如果没有诛杀神灵我们会死。"

不过，阿多尼斯也并非上帝或神灵概念的绝对排斥者。在他眼里，神学意义上的上帝是可疑的，但审美意义上的上帝却是存在的，值得人们去认识、发现：

什么是美？
一种形式，
你在它后面会发现奥秘，
有时还会发现上帝。

阿多尼斯的诗歌还深受伊斯兰文化遗产中的苏非神秘主义影响，他的许多诗作就其词语、典故、隐喻、意境而言，都具有浓厚的伊斯兰神秘主义色彩，犹如隐现在一层神秘而奇妙的迷雾之中。如果说阿多尼斯的诗作也具有神秘主义的特点，那么正如他所言，那是一种"剥离了神灵的神秘主义"。

阿多尼斯还经常借诗歌表达对诗学与写作的见解。他的诗作体现出令人惊叹的想象力。他认为："想象力在诗歌中是桥梁，/在爱情中是森林。"他是一位擅用隐喻的大师。在他看来，隐喻"是一次迁移，/在烈火与烈火之间/在死亡与死亡之间。"隐喻还犹如"在词语

的胸中 / 扑闪的翅膀”。他这样看待语言的朦胧之美：“词语——/ 只有在朦胧的怀抱里 / 才会绽放蓓蕾。” 他为人们眼里难以理解的朦胧诗人辩护：

你只能朦胧地理解他，
可他是多么清晰：
意义的太阳，有时，
会被墙的阴影遮挡。

他还认为，伟大的诗人总是关注现实并能够洞察现实的：“诗人不会有洞察幽冥的眼力，/ 如果他没有洞察现实的眼光。” 诗人创作，是为了表达内心的愿望：“写吧。不要写！诗人啊——/ 除非是为了在词语的巢房里 / 种下愿望的丛林。”不过，这种愿望不是无病呻吟，而是突破桎梏、追求解放：

我没有欲望，
去含着泪水
用长吁短叹，
使我的诗歌变得凄婉，
然后哭泣，哭泣。
我的欲望
是自始至终
成为一个陌生人，叛逆者，
将词语从词语的桎梏中解放。

然而，诗歌又不具有任何功利性的目的：“什么是诗歌？/ 远航的船只 / 没有码头。” 诗歌更与政治无缘：“政治是诗歌眼里的草秸。”

诗歌属于心灵，超越时空："诗歌，/ 是注入你肺腑的金丹，/ 永远来自另一个时光。"诗歌的魅力在于："其中没有父权，没有游戏，脱离事务，没有缘由与规则，/ 既超越时间，又囿于时间。"因此，诗歌甚至不听从逻辑和理性的摆布：

曾经
逻辑倚靠着一根断杖，
在我手中入睡，
诗歌却欢舞着不眠。

为何而写作？为什么成为诗人？对于每位诗人都会面临的此类问题，阿多尼斯如此作答："我写作，是为了 / 让唯一能浇灌我内心的泉水继续流淌。""写作吧：/ 这是最佳的方式，/ 让你阅读自己，聆听世界。"虽然诗人长年寄居他乡，并甘愿以精神上的流放者自居，但在他心目中，真正的流放地却"只有在写作中、尤其在诗歌中才能找到"。因为："城市在瓦解，大地是尘埃的列车 / 只有诗歌，知道迎娶这片天空。"虽然他很清楚这是一个"背叛了诗歌"的时代和社会，但诗人对自己、对诗歌却依然有足够的自信，他以一位"死去的诗人"的口吻，向不可一世的君王进行挑衅：

你逝去了，你的王权逝去了，你的大军逝去了。
我依然故我，
我在每个清晨再生。
……
你会看到我的诗歌
成为光的君王，你是我的一道光线，
在我的词语里炽燃。

这里，我们依稀可辨他最为心仪的诗坛前辈，阿拔斯朝大诗人穆太奈比的身影，那位堪称“阿拉伯的李白”的伟大诗人曾留下这样被世代传诵的豪语：

我与慷慨同义，
我是诗歌的上帝！
我是敌人的毒剂，
我让忌妒者妒忌。

显然，对于昔日的“诗王”穆太奈比和今天“风与光的君王”阿多尼斯而言，诗歌都是至高无上的，它几乎意味着存在本身。无论时序如何变迁，只要生命存在，诗歌就不会终结，因为在阿多尼斯看来：

诗歌终结的时代，不过是另一种死亡。

《最初的诗篇》[1]选译

(1957)

① 这是诗人公开出版的第一部诗集。

你的眼睛和我之间

当我把眼睛沉入你的眼睛
我瞥见幽深的黎明
我看到古老的昨天
看到我不能领悟的一切
我感到宇宙正在流动
在你的眼睛和我之间

外套

我家里有一件外套
父亲花了一生裁剪
含辛茹苦地缝线。
外套对我说:当初你睡他的草席
如同掉光了树叶的树枝
当初你在他心田
是明天的明天。

我家里有一件外套
皱巴巴地,弃置一旁
看到它,我举目打量
屋顶、泥土和石块砌成的土房
我从外套的窟窿里
瞥见他拥抱我的臂膀
还有他的心意,慈爱占据着心房
外套守护我,裹起我,让祈望布满我的行旅
让我成为青年、森林和一首歌曲。

小路(节选)

这迷茫的石砾上有焦虑的色彩,
弥漫的幻想的色彩:
是谁,究竟是谁
路过此地,燃烧过?

我的脚步喜欢红色的火焰,
喜欢荣耀;
每当它到达远方
就自豪、骄傲。
每当我问起小路:"喂!
长夜,长夜的重负何时是尽头?
何时我能得我所求,
抵达终极
享受安逸?"
小路对我说:"从这里,我开始。"

我与光一起生活

我与光一起生活
我的一生是飘过的一缕芳香
我的一秒是日久月长
我迷恋祖国的山歌
由牧童像清晨一般传唱
他们把歌掷向太阳,似一块纯净的黎明
伴着歌声,他们祈祷,死去——
倘若死神在你唇间大笑
生活,由于思念你而哭泣。

《风中的树叶》选译

(1958)

风中的树叶（节选）

因为我在行走，
我的棺材赶上了我。
……
像游戏一般
在我的四肢内
奔跑着疲惫的风
是惊骇于我的火焰吗？
——风儿栖身于我的笔锋
藏匿于我的书中。
……
为了说出真理
改变你的脚步，
准备好：燃烧成火树。
……
怀着厌倦的落魄
我每时每刻都在
填平希望的湖泊。
……

我用等待的时光

抹去灰尘的蛛网

……

扎根于“拒绝”的我的历史对我说:

隐身于世界,才能感受世界的存在。

……

春天说:

即便是我,也迷失于我浪费的分分秒秒。

……

夜的尸体和城市的变色龙

在我恐惧的眼帘间舞动

我以忧伤的阿什塔尔[①]为面具

描绘出疾风和骤雨

……

给老鼠一根皮鞭

它会像暴君那样趾高气扬

老鼠的子宫里挤着一头羊和一只狼

……

在我身后如雷鸣海啸的那一代

① 阿什塔尔:近东一带古代民族崇拜的司掌爱与美的女神。

我为之献出所有歌声的那一代
虽然尚未诞生
但它的脉搏已在祖国深处萌动
正在用太阳之手
焚烧腐烂的衣衫
凿破昔日的堤岸
在我身后出现的那一代
如水流奔涌,如雷鸣海啸
……
你能否把我理解:
我像生活一样深沉而辽远
风儿栖身于我的愿望
烙铁在我的舌头之上
你如何确定我的爱憎和理想?
你能否把我理解:
太阳是我眼睛的色彩
冰雪是我脚步的颜色。

绝望的话语

当房屋与她的沉默结交
没有云雀，没有露水，没有青草
她张开眼睫
打开窗户
对着太阳……然而，在阳光之前
飞进一只燃烧的蝴蝶，或是一句回声。

《大马士革的米赫亚尔之歌》选译

(1961)

堕落

我生活在火与瘟疫之间
连同我的语言——这些无声的世界。
我生活在苹果园和天空，
在第一次欢欣和绝望之中，
生活在夏娃——
那棵该诅咒的树的主人
那果实的主人——面前。

我生活在云朵和火花之间，
生活在一块正在成长的石块里，
在一本传授秘密和堕落的书本里。

对话

——“你是谁？你要选择谁，米赫亚尔[1]？
你朝向何方——上帝[2]，或魔鬼的深渊？
深渊远去，深渊又回来，
世界就是选择。”

——“我不选择上帝，也不选择魔鬼，
两者都是墙，
都会将我的双眼蒙上。
难道我要用一堵墙去换另一堵墙？
我的困惑是照明者的困惑，
是全知全觉者的困惑……”

---

① 诗人并未说明本诗集中屡屡出现的“大马士革的米赫亚尔”为何人。有评论家认为，诗人是将阿拔斯时期巴格达的大诗人米赫亚尔·杜莱米置于新的时空，赋予诗人独特的体验。

② 阿拉伯文读作 Allah，常译为“真主”或“安拉”，也可译成“上帝”或“神”。根据穆斯林的理解，伊斯兰教、基督教和犹太教都是信奉同一个神灵的“天启之教”。本选集中 Allah 一般译作“上帝”，若上下文具有明显阿拉伯文化背景时，则译作“真主”。

罪过的语言

我焚烧遗产,我说:我的土地
是处女地,我的青春没有墓地
我在上帝和魔鬼的上方跨越
我的道路
比神灵和魔鬼的道路更为遥远

我在我的书中跨越
在明亮的闪电的行列中跨越
在绿色的闪电的行列中跨越
我高呼:在我身后没有天堂,没有堕落
我擦去罪过的语言。

风的君王

我的旗帜列成一队,相互没有纠缠,
我的歌声列成一队。
我正集合鲜花,动员松柏,
把天空铺展为华盖。
我爱,我生活,
我在词语里诞生,
在早晨的旌旗下召集蝴蝶,
培育果实;
我和雨滴
在云朵和它的摇铃里、在海洋过夜。
我向星辰下令,我停泊瞩望,
我让自己登基,
做风的君王。

我把岁月交给……

我把岁月交给深渊
任它在我的坐骑下起起伏伏
我在双眼里挖掘我的坟墓
我是鬼魅的主人,我把同类交给他们
昨天,我把语言也向他们交付
我对着历史失落地哭泣
踉踉跄跄,哭声从唇间跌出
我向着恐惧哭泣,我肺里
燃烧着绿色的恐惧之树
我是鬼魅的主人,我唤醒他们
用我的血和喉咙驱赶他们
太阳是一只云雀,我把我的绞索扔去
风,是我的帽子。

愿望

但愿来自幽谷和岁月的雪杉
向我张开怀抱,但愿它守护我
远离珍珠和船帆的诱惑。

但愿我有雪杉的根系,
我的脸在忧伤的树皮后面栖息,
那么,我就会变成霞光和云雾
呈现在天际——这安宁的国度。

然而,我活着,
来自幽谷和岁月之树的每一根枝桠
都是我额头的火焰
由热病和失落燃起的火焰
吞噬着守护我的大地。

我对你们说过

我对你们说过:我曾倾听大海
向我朗诵它的诗篇;我曾倾听
海贝里面沉睡的摇铃。
我对你们说过:我曾歌唱
在魔鬼的婚礼上,在神话的宴席上。
我对你们说过:我曾见到
一个精灵,一所殿堂
在历史的烟雨里,在距离的燃烧中。
因为我航行在自己的双眼里
我对你们说过:一切都在我的眼底,
从旅程的第一步起。

今天，我有自己的语言

我摧毁了我的王国，
摧毁了我的宝座、庭院和廊柱；
我上下求索，由我的肺背负，
我把我的雨教授给大海，交给它
我的火焰和火炉；
我在唇间将未来的时光记述。

今天，我有自己的语言，
有我自己的疆域、土地和禀赋。
我有自己的人民，他们的疑惑将我滋养，
也被我的断垣和翅翼照亮。

背叛

啊,背叛的恩惠,
你在我脚下延伸为
深渊和野火的世界。
啊,古老的尸体,
啊,我背叛过、我正在背叛的世界!
我就是那个眼帘祈祷着
水流轰鸣声的溺水者,
我就是那个神灵——
将要祝福罪孽之地的神灵。

我是个背叛者,我向被诅咒的道路
出卖我的生命,
我是背叛的主宰。

死去的神灵

今天,我焚毁了周五和周六的蜃景
今天,我抛弃了家中的面具
我把瞎眼的石头神和七日之神
更换成死去的神灵。

致西西弗[1]

我发誓在水上书写
我发誓为西西弗分担
那块沉默的山岩
我发誓始终和西西弗一起
经受高热和火花的炙烤
我要在失明的眼眶里
寻找最后的羽毛
对着青草、对着秋天
书写灰尘的诗稿

我发誓要和西西弗同在。

① 西西弗，或译为“西绪弗斯”，古希腊神话中人物。据说他被罚将巨石推到山上，但将要抵达山顶时，巨石又滚下，只得重推，如此无休无止。

祖国

为那在忧愁的面具下干枯的脸庞
我折腰;为我忘了为之洒落泪水的小径
为那像云彩一样绿色地死去[①]
脸上还张着风帆的父亲
我折腰;为被出卖、
在祷告、在擦皮鞋的孩子
(在我的国家,我们都祷告,都擦皮鞋)
为那块我忍着饥馑
刻下"它是我眼皮下滚动的雨和闪电"的岩石
为我颠沛失落中把它的土揣在怀里的家园
我折腰——
所有这一切,才是我的祖国,而不是大马士革。

① 阿拉伯民族认为绿色是吉祥之色,"绿色地死去"含"寿终正寝"之意。

声音

我由于恐惧而歌唱

我由于被压迫的反抗而歌唱

你呀,来自沙漠惊雷的你呀

被封嘴的破碎的祖国呀

拖着瘫痪的脚步在我身边匍匐

死

如果没有创造神灵我们会死
如果没有诛杀神灵我们会死
啊，迷茫的岩石的王国！

亚当

亚当对我私语
带着叹息的烦恼
带着默默的呻吟：
“我不是世界之父
我不曾见过天堂
带我去见上帝吧！”

没有死亡的挽歌

我在被囚的祖国身后奔跑
在婚宴的丛林里,在摇铃的童年里;
我召集了睫毛和臆想
在青草和收成的床衾边;
我夹紧了马鞍,
向着你——我的祖国疾驰
啊,眼帘之上的冰雪之国。

《随日夜的领地而变化迁徙》选译

(1965)

昼与夜之树

在白昼来临之前，我来到
在白昼打听太阳之前，我朗照
花萼在我阴影下行走
树木在我身后奔跑
幻想在我脸上筑起
无声的岛屿和城堡
——话语摸不到那里的门扉
友好的夜晚被点亮
日子把自己落在我床上
然后，当泉水在我胸头滴落
当日子解去纽扣入睡
我唤醒水和镜子，
擦亮梦境的表面，入睡。

《戏剧与镜子》选译

(1968)

二十世纪的镜子

棺材覆盖着儿童的脸庞

书本

书写在乌鸦的内脏

野兽举着一朵花在踱步

岩石

在狂人的两肺间呼吸

这

这就是二十世纪。

贝鲁特的镜子：1967

1

街道是个女人，

当她忧伤的时候，诵读《开端》章[①]，

或者画着十字。

夜晚，在她的乳头下

是个奇怪的驼背，

往自己的口袋里，塞进

吠叫的银色的犬

和熄灭的星辰。

街道是个女人，

噬咬着每一个过客；

在她胸旁睡着的骆驼，

对着石油

歌唱(每一个路人都在歌唱)。

---

① 《开端》章，音译为“法谛海”，是《古兰经》的首章，也是穆斯林经常诵读的经文。另，黎巴嫩国民中，穆斯林及基督徒大致各占一半。

街道是个女人，

从她的床榻，

日子和鼹鼠坠落而下，

人坠落而下。

2

玫瑰画在鞋帮上，

大地和天空

是色彩的匣子，

在地窖里

涂画着棺材一般的历史。

在星辰或濒死民族的呻吟里，

横卧着男人、少年和妇女：

没有裤子

没有遮蔽……

3

怯懦的女人，

腰带上挂着金制的

钱袋。

浑身叮当作响的女人,在沉睡,
她的怀里,一位王公或是一柄匕首
在沉睡。

《对应与初始》选译

(1979)

儿童

历史是一团堆积物
人们是凝固的血液，日子是坟墓
岁月，从哪一个宇宙
从哪一条道路，绽裂而出？

儿童听到了火的问题，睡去
身体是一本火焰之书
脸庞充满平和。

最初的书

“作主语或是作代词。”
“时间用来形容。”
什么,你说的是什么?或者
什么东西以你的名义在言说?

你在借喻?隐喻是个幌子
而幌子,只是迷乱。
你的生活被词语席卷,
字典不会穷尽词语的奥秘,
词语不会回答,但它发问——迷乱
隐喻是一次迁移,
在烈火与烈火之间
在死亡与死亡之间。

你便是这样的过渡,在每一个意义中诞生。
你的脸庞难以形容。

最初的爱恋

恋人们阅读了伤口——那是我们之前
曾经书写的伤口,
我们还这样描绘着时间:
我的脸庞是夜晚,你的眼睫是清晨
我们的脚步,和他们一样
是血与思念

每当他们醒来,就采撷我们
将爱情和我们抛掷
如同风中的一朵玫瑰

最初的姓名

我的日子是她的名字，
还有梦想——当夜晚在我的忧伤里不眠——
也是她的名字；
愁绪是她的名字，
还有喜筵——当屠夫与被屠者混淆的时候——
也是她的名字。

有一次我唱道：在困倦时，
在旅途中，每一朵玫瑰
都是她的名字。

道路是否已终结？
她的名字是否已改变？

最初的话语

这个曾是“我”的孩子，有一次，
光顾我
以一张奇怪的面孔。

他一言不发，我们并行
各自无言地注视对方。我们的脚步
是一条奇怪地流淌的河流。

根源，以风中这片树叶的名义，聚合我们
然后我们分手
成为大地书写、季节灌溉的森林。

啊，这个曾是“我”的孩子，过来呀
是什么，现在让我们相会？
我们将说些什么？

《围困》[①]选译

(1985)

① 这个集子的作品，创作于 1982 年以色列发动入侵黎巴嫩的战争及随后爆发的黎巴嫩内战期间。

沙漠(之一,节选)

1

城市在瓦解,大地是尘埃的列车,
只有诗歌,知道迎娶这片天空。

2

没有道路通往他家,围困,
街道是怯懦的,
远远地,在他家的上方
一轮惶惑的月亮
垂落在灰尘的线缕。
我说:这是我回家的路。他说:不,
不许过。枪口对准我。
——好吧,我在每个街区
都有朋友,我有多个住处……

3

血之路，
那是男孩曾经谈论的血——
他对伙伴们悄悄说：
天上，只剩下
几个被称为星星的窟窿……

4

城市的声音微弱，风儿
不敢绷紧它的琴弦，
城市的面孔洋洋得意，
如同儿童正为夜晚准备梦想，
要把椅子交给清晨。

5

他们在一些口袋里发现了人：
一个人　没有头颅
一个人　没有双手，没有舌头
一个人　窒息而死
其余的没有形状，没有姓名

——你疯了吗？求求你

不要再写这些。

6

书中的一页，

炸弹在其中呈现，

逝去的预言和箴言在呈现，

神龛、字母拼织的地毯在呈现。

这一页，正散落为纤尘，

从记忆的针眼里，掉落在城市的脸上。

7

城市空气中的杀手，在它的伤口游曳，

城市的伤口是一台轮机，

以流血的城市的名义，撼动着

我们身边的一切；

住宅离开了墙壁，

我不复为我。

8

也许会有那样的时刻:

允许你又聋又哑地活着,而且

会允许你轻声嘟囔:死亡

生命

复活

再见……

9

自椰枣酒和沙漠的静夜里,

自变卖自己的内脏

睡卧在叛逆者尸体上的早晨,

自街道,自运载着

士兵和人群的卡车里,

自男人和女人的阴影里,

自填充了正教徒和异教徒咒语的子弹里,

自铿锵击撞、流出血肉的铁器里,

自思念着麦子、青草和农夫的田野里,

自圈围着我们的身体

令我们置身于黑暗的城堡里,

自言说着生命、引导着生命的
死者的神话里，
自屠宰、被宰物和屠宰者的话语里，
自黑暗、黑暗、黑暗里——
我呼吸，我触摸身体，我寻找，
寻找我，寻找你，寻找他，寻找他人。

我把死神，悬挂在
我的面孔和这样的话语——大出血——之间。

10

你将会看到——
说出他的名字吧
或者，说："我画过他的面孔"；
把双手向他伸去吧
或者向他微笑吧
或者，说："我高兴过一次"
或者，说："我忧伤过一次"；
你将会看到：
祖国已不复存在……

11

杀戮改变了城市的形状——

这块石头，是一个男孩的头颅，

这团烟雾，是人类的一声叹息。

一切都在吟唱着自己的流放地：血的海洋。

对这样的早晨，

除了它飘浮在星云里

在屠宰的汪洋里的血管

你还能有什么指望？

12

和她夜谈，久久地畅谈，

她正让死神坐于怀中，

将岁月

像一张衰黄的纸张一样翻转。

请记住她的

起伏丘壑的最后一张图片，

她正在沙砾之上

在恶的汪洋里辗转，

在她的身体上

有几团人类的呻吟。

13

一颗颗的种子,撒落在我们的土地上。

啊,滋养我们的神话的田野,

请记住这血的秘密——

我在谈论季节的气息

我在谈论天空的雷云

……

致故去一瞬的歌

有一次，
真主让他的阿拉伯牧人靠近他
发现他们
是铁皮和沙砾做成的人
身背的骷髅里，装载着
真主的伊斯兰的大地

致意义的歌

这不是最初的岁月,也不是末日

这是从亚当的胸口涌出的创伤之河

它的意义深扎在大地

太阳是它公开的形式

致写作的歌

在这些,那些,在一切之后

街道不曾死去,死神不曾

让它的桃金娘枯萎

我的叙说类似奇谈

我叙说:悲哀

也是一本记事簿。

《纪念朦胧与清晰的事物》选译

(1988)

短章集锦[①]

每一个瞬间，
灰烬都在证明它是未来的宫殿。

夜晚拥抱起忧愁，
然后解开它的发辫。

关上门，
不是为了幽禁欢乐，
而是为了解放悲伤。

他埋头于遗忘的海洋，
却到达了记忆的彼岸。

他说：月亮是湖，他的爱是舟。
但岸陆表示怀疑。

① 标题为译者所加。

正是他的欢乐，

为他的忧愁定制了琴弦。

日子，

是时光写给人们的信，

但是不落言筌。

时光是风，

自死亡的方向吹来。

如果白昼能说话，

它会宣讲夜的福音。

插入忧愁的发辫中，

夜晚之手是温柔的。

冬是孤独，

夏是离别，

春是两者之间的桥梁，

唯独秋，渗透所有的季节。

白昼不会睡眠，

除非在夜晚的怀抱里。

往昔是湖泊，

其中只有一位泳者：记忆。

光明只在醒觉时工作，

黑暗只在睡眠中工作。

夜之梦，

是我们织就白昼衣裳的丝线。

如果天空会哭泣，

如同乌云所言，

那么风便是泪的历史。

音乐传来，

来自风弹奏的树上。

雨是风的拄杖，
风是雨的秋千。

风，教授沉默；
尽管它从不停止言说。

炊烟是庄稼，
只有风之镰
把它收割。

今天，为患病的风儿悲伤，
夹竹桃没有起舞。

孤独是一座花园，
但其中只有一棵树。

我对水仙怀有好感，
但我的爱属于另一种花，
我叫不出它的名字。

干渴，
但只有我得不到的水，
让我止渴。

高峰过后便是下坡？我不信：
高处永远将人引向更高。

你对自己说的一切，
你都会对别人说，
即便你无意如此。

据说，仿效是容易的，
噢，但愿我能仿效大海！

有时候，
太阳不能把你照亮，
一支蜡烛却能照亮。

但愿我产生愿望的能力，
胜于我实现愿望的能力。

孤独的男人:一翼翅膀;
孤独的女人:被折断的翅膀。

好吧,我将从孤独中脱身,
但是,去往何处?

我站在镜子前,
不是为了看自己,
而是为了确认:
我所见的真是我吗?

我说太阳是另一个阴影,
但我没有证据;
我说月亮是另一团火焰,
我有许多证据。

我往昔的日子是座坟,
但其中没有尸体。

我的记忆真是奇怪：
一座长满各式草木的花园，
就是见不到果实。

我认识的所有词语，
都变成忧愁的森林。

那个夜晚，我为什么觉得：
天空是夜的竖琴，
星辰是绷断的琴弦？
是因为我独自入眠吗？

现在我明白了：
为什么那些只梦见光明的人，
有时候也会赞美黑暗。

写作吧：
这是最佳的方式，
让你阅读自己，聆听世界。

时间已经错过，
你无法成为自己，无法了解你是谁。
童年已经逝去。

女人：
能降下泪水的云。

生命，是死神服用的灵丹；
所以死神长生不老。

绝望长着手指，
但它只能抓住
死去的蝴蝶。

乌云也有思想，
由闪电记载，
由惊雷传达。

爱，是持续瞬间的永恒，
恨，是仿佛永存的瞬间。

规则，

往往是重复的例外。

无论我们身在何处，都有泥土伴随，

那是永恒的相会；

无论我们身在何处，都有时光伴随，

那是永恒的离别。

大海没有时间

与沙子交谈，

它永远忙于谱写浪涛。

如果大海是森林，

那么词语便是飞鸟。

万物都会走向死亡，

只有人除外，

是死亡向他走来。

绝望是习惯，

希望是创新。

最遥远的光亮，
比离我们最近的黑暗还要靠近我们：
距离，通常只是神话。

不，是生命在发号施令，
死神只是忠实的记录员。

快乐长着翅膀，
但它没有躯体；
忧愁有着躯体，
但它没有翅膀。

水是永恒的躁动者，
石头在睡眠中歌唱。

玫瑰的影子，
是一朵凋谢的玫瑰。

跪曲着,黑暗降生了;
挺立着,光明降生了。

花儿是眼里的一个季节,
芬芳是心中的一个季节。

书写是正在兴建却不会竣工的房舍,
由那个流浪的家庭居住:文字。

最纯洁的话语是从上天嘴里降下的,
可是,它被称为堕落的话语。

是的,光明也会下跪,
那是对着另一片光明。

鸟儿拒绝歌唱,
在不懂得静默的田间。

黑暗生来便是瘫子,
光明一降生便行走。

月亮真是无知，它的荣耀真是虚妄：
不懂得与任何一颗星星交谈，
也不认识一个字眼；
而所谓的月光，
不过是它借来的外衣。

太阳即使在忧愁的时候，
也要披上光明的衣裳。

黑暗是包围四周的暴君，
光明是前来解救的骑士。

死亡来自背后，
即使它看上去来自前方：
前方只属于生命。

群体书写历史，
个人阅读历史。

舌头由于说话太多而生锈，

眼睛由于梦想太少而生锈。

有时候,最美妙的灯盏,
并不是为看清光明
而是为看清影子
而点亮的灯盏。

疯狂是个儿童,
在理智的花园里,
做着最美好的游戏。

幻想是种典礼,
我们无法举行,
除非是在现实的厅堂里。

石头的生命不会终结,
因为它死一般地活着。

就连风儿,
也希望化为

蝴蝶牵引的辇车。

我自幼便受过伤，
我自幼就懂得：
是伤口创造了我。

时光：
在欢乐中浮游，
在忧愁中沉积。

太阳不说“是”，
也不说“否”，
它说的是它自己。

你的抵达，
往往是你真正行程的开始。

最明亮的闪电，
来自心头；
同样来自心头，

还有最乌黑的云团。

跟小草作战，
却向荆棘投降——
这是最时髦的英雄。

诗人啊，你的祖国，
就是你必定被逐而离去的地方。

无论你如何疯狂，
你的疯狂都不足以
改变这个世界。

爱是我们往昔的脚步，
往昔是我们将至的尘土。

诗歌是天堂，
但它永远在
语言的疆域流浪。

他跳下自杀，
从高高的窗口：
这是坠落，
还是飞翔？

遗忘有一把竖琴，
记忆用它弹奏
无声的忧伤。

你的童年是小村庄，
可是，
你走不出它的边际，
无论你远行到何方。

《书：昨天，空间，现在》（第一卷）选译

(1995)

札记

风,自大马士革和巴格达的方向吹来,
没有花粉,没有植物,
苦涩的果实犹如沙子,
趴在时间的树上。
风,是空间的血。

这个夜晚,我不像以往一样赶着回家,
我将不眠,
我要和星星的队伍夜谈,
肆无忌惮地
在树林中行走,
我要看夜晚如何靠在月光的背上入眠。

怪哉!
死人复活了,
活人却被埋葬在

自己的神话里。

上帝孤独地生活，
然而，他是多么神奇，多么可亲！
魔鬼不会、也不能生活，
除非是借着人的躯体。

从我的掌心、我的瞬间
渗出的汗水，
不是爱情或者忧伤的泪水，
而是书写离别之歌的墨水。

哭泣的垂柳，
是一册忧伤的书。
风来了，
却不去阅读那本书；
那哭泣的风啊，

在翻动书页，
并在其中辗转。

死神在我面前赤裸着。
他不知道：
早晨从何处来，傍晚如何降临。
死神啊，让我做你的向导吧！
我把我的影子给你做躯体，
让我的诗歌成为你的罩衣！

太阳，月亮，
是一对双胞胎，
双方各自
孤单地生活：
这是出于恨？还是爱？

你的爱是阴影，

我的爱是太阳；
这是相聚的承诺？
还是离别的承诺？

到这大地上来一趟，
是一首歌，
而不是一次祷告。

乌云密布，
在椰枣林的上空，
雨滴开始为客人朗诵自己的诗篇。

即便你说：
“我要书写那个离我最远的事物，
或是这个距我最近的事物。”
这时，你书写的都不过是你自己。

我没有欲望，
去含着泪水
用长吁短叹，
使我的诗歌变得凄婉，
然后哭泣，哭泣。
我的欲望
是自始至终
成为一个陌生人，叛逆者，
将词语从词语的桎梏中解放。

我在写，满怀着惊恐，
我在发疯，
连墨水，连纸张
也惶恐地遁逃。
我问自己：我真的是在书写，还是在燃烧？

朝你的身后望去——
往昔，不过是宇宙的一个窟窿，

从中透出的，
只有蒸汽的幻影。

铜铸的地平线，
在生锈的地平线里旅行。
我没有料到：
大自然的脚步
会犯这个错误。

你最完备的运气，
在于你是明显的欲望、公开的诱惑；
在于你身处幽暗的空间彷徨、逡巡。
你最美妙的运气，
在于你是风暴，
奔突着，拔根而起。
肇始属于你，你在席卷，或者远去。

他的岁月之园中一朵花，

正在摆脱自己的桎梏，

那桎梏便是园子的芬芳。

现在，凋谢的蓓蕾会对他说什么呢？

为什么要发问？

提问者，你到底是谁？

《书：昨天，空间，现在》（第二卷）选译

(1998)

T[1]城

T城声称:
它曾畅饮历史的醇酿。

T城有一个孜孜以求的梦想:
成为信封上的邮票,
那信封名叫:宇宙。

“让你的脊梁学会弯曲。”
在T城的墙壁和大街上,
随处可见这样的标语。

骆驼坐在小鸟头上,
大山倚靠着紫罗兰的花蕾,
水用灰尘的手绢擦脸……
——这些,是T城耳熟能详的谚语。

① 原文为阿拉伯文字母,译文以发音相近的英文字母替代。以下Z城、G城亦同此。

试着去注视T城的白昼，
你发现的只会是黑夜。

T城的现实是一种气候，
其形式是生命，内容却是死亡。
“造物主创世之后，
意欲休息，乃变其手掌为宅邸，
并进入其中，至今未出。”
这是T城不予承认
却宽容以待的神话。

“造物主创世之后，叹息一声；
风，乃由造物主的叹息而生。”
这是另一个神话
T城对此不置可否。

T城吮吸着知识，
然而其杯盏
是用回忆之水泡烂的纸张制成。

在T城说出的每一个词语的边际，
都有一座坟墓坠落，或是垂下一桌喜筵。

在T城，连玫瑰都成了牢笼，
面包都是警察。

T城最古老最丰富的记忆，
是有关刀剑的记忆。

T城的天空，
是天使坠落、死神升空的梯子。

墙壁——
并非由手建造，而是由言辞和声音建造，
这便是T城的墙壁。

T城啊，是谁教会你
用新月的脚踵行走？

我不知还有什么地方，

能像T城那样容纳时间的尸体！

别人能够看见的城市啊，
为什么我却再也看不见？

Z 城

在 Z 城的人们看来:芸芸众生之中,唯有鬼魅的身上,长着类似人类的脑袋。

在名叫 Z 城的器皿里,
生长着叫做“杀戮”的永不凋谢的植物。

Z 城下令其史学家书写一部历史,并要突出:
该城的头颅来自一个名叫“宗教之冠”的家族,其双脚属于一个叫做“尘世之冠”的家族。

Z 城教导其居民毕生致力于一项工作:污染太阳的光芒。

充溢在 Z 城血管里的,只有号角与喇叭。

在 Z 城,谁也不了解他自己。
鸵鸟披上了狮子的鬃毛,
豺狼迈开的是鸽子的脚步。

Z城的墙壁,相互投掷着奇怪的球体;
亲眼目睹的人都证实:那些球体就是头颅。

把正义推延到以后再说,
把工作推延到以后再说,
把爱情推延到以后再说,
把科学推延到以后再说,
把面包推延到以后再说,
把自由推延到以后再说,
把其他人权也推延到以后再说,
把人推延到以后再说……
这一切,是支配着Z城的原则。
争相吹嘘这些原则的大有人在。

起始于Z城的道路,是无法愈合的伤口。

如果你想生活在Z城,你只能从事摧毁思想的工作,或进行摧毁工作的思想。

在Z城,脑袋就是监狱,

脊柱就是进出其中的门槛。

Z城的居民只为一场斗争而献身：
吞噬自己兄弟的肉。

在Z城，人的死亡，是表明他曾经活着的唯一证据。

在Z城，生命只会为死亡鼓掌。

G 城

在G城,人只有在他白日呻吟的底层,才能发现自己真正的历史。

在G城,人们相互厮杀,吞食,
在用来书写献给王座之歌的墨水瓶里,
他们倾倒死者的鲜血。

在G城,你会有数不清的钥匙,
却找不到一扇门。

在G城,黑夜在凉棚下端坐,
并邀请星星和他共坐一席,
然后开始抨击黑暗。

死神之父啊,这个城市的居民需要你!

真的,世界似乎是一只死鸟,
挂在G城的脖子上。

只有极少数的人能够否认：
在G城，二十世纪之后来临的，
是公元十世纪。

这个城市的诗人说道：
“民族是诗篇，个人是其中的词语。”
我说：“那么，除了语言，什么都不复存在。”

在这个城市，生命不是人俯瞰万象的顶峰，
而是人赖以藏身的隧洞。

这个城市的主人相信自己是英雄。
真是令人难以置信！

人，学不会风的善辩，
因此，他绝对无法形容G城。

G城用死去的人们制造其现在，
用没有“现在”的词语制造其未来。

在这个城市,一个人的监狱,
始于向着王座敬礼。

在这个城市,父亲不会被杀戮,而是被更换。

在这个城市,时光行进着,
犹如苔藓生长在一堵叫做“永恒”的墙上。

在这个城市,树木的梢头戴着钢盔,
每一颗果实里都有一颗子弹。

《风的作品之目录》选译

(1998)

身体(节选)

你的身体是你道路上的玫瑰
一朵同时在凋零和绽放的玫瑰。

浇灌着灵魂之源泉
最美而最纯净的雨，
降临自身体的乌云。

每一个清晨
都有无形的身体
向你张开儿童的怀抱。

灵魂最亲近的朋友——
光明；
身体最亲近的朋友——
影子。

爱情是身体，
它最钟爱的衣裳是夜晚。

我的身体是一些词语，
散落在日子的簿册里。

她说：
白昼是身体的殿堂，
夜晚是祭品。

他说：
她的身体不停地旅行，
在我身体的迷宫里。

他说：
欲望是身体的母语。

她说：
只有身体才能书写身体。

他说：
词语的天空

容纳不下身体的绚丽。

岁月——

在身体的平原驰骋的骏马。

他的梦想是飞鸟，

在他身体上方盘旋，

还在窃语："天空真是狭窄！"

有时候，

为了赋予诗歌身体的色彩，

他擦拭掉词语的色彩。

身体之书，

是欲望之字母表

最广阔、最高远的天空。

理智是累积，

身体是肇始。

白昼的头颅,倚靠在夜晚的肩膀上(节选)

我把身份证号码,
写在风的胸膛,
却忘了签署我的名字。

我们村庄的树木都是女诗人,
把笔插进天空的墨水瓶。

火焰也会阅读,
它以独特的方式阅读一切;
然而,它只会一种写作:
灰烬。

词语不止是房屋,
有时候,它是妻子,
更多的时候,它是情人。

欢乐是湖泊,
话语在湖面漂浮,

忧愁是它攀登的山峰。

诗人最好的坟墓，
是他词语的天空。

玫瑰的语言是它的芬芳。

有时候，我幻想：
河岸是一名囚犯，
由波浪看守。

你不会成为油灯，
除非你把夜晚扛在肩上。

或许光会把你误导；
不过，假如这真的发生了，
莫以为这是太阳的过错。

光明有面孔却没有脏腑，
黑夜有脏腑却没有面孔。

希望是无形之手，
在不停地缝补生命之衣裳，
绝望之手却不停地将它撕裂。

我犯下的每一个过错，
都是为了向太阳的无辜致意。

时光——
永恒台阶上的拐杖。

语言，
在揭示的同时也在遮蔽。

白杨树是宣礼塔，
空气是宣礼员吗？

风有着尘土的谦卑，
却也有天空的荣耀。

叶子从树上掉落，

如同耳环
从风的耳朵上掉落。

风——
我们称之为“天空”的那个儿童玩耍的秋千。

没有哪一只手，
能够编起风的发辫。

诗啊，给我盖上被子，
我的太阳寒冷，
风是我的床衾。

天空留下的书写，
徒劳地，试图抗拒风的擦拭。

每一个早晨，
太阳携带着它的大地女童
在环游宇宙。

我们村子的白昼在幻想：
它手持镰刀
收割夜晚之田野。

日落时分，在我家前方，
天际，像是太阳脖子上的围巾。

借用光的手
我们的村庄给自己洗脸。

不单单是黑暗将我误导，
光明有时也将我误导。

女人——
她的芳香令空气的身材变得颀长。

即便是太阳自己，
也只能照亮接受光明的事物。

好吧，

你尽管上升，
去追逐你在天空身体上的星辰；
为追逐我在女人身体上的星辰，
我现在就要下坠。

女人向我走来——以深渊的形式，
她成就了我的一个巅峰。

玫瑰的沉默是呼唤，
听见它的不是耳朵，是眼睛。

你是对的，蝙蝠啊！
——黑暗是一种安逸，
光明是一种折磨。

最残酷最痛苦的监狱，
是没有四壁的。

就连太阳的血，
在夜晚的罐子里也变成黑色。

多么美妙的一幕——
当你看到空气
为黎明时分尚未起床的玫瑰
解开衣襟！

为什么，白昼的纸张，
容纳不下夜晚的墨水？

爱情就是一切，
但是仅有它还不够。

词语——
只有在朦胧的怀抱里
才会绽放的蓓蕾。

风，没有衣裳；
时间，没有居所；
它们是拥有全世界的两个穷人。

或许，

语言的汪洋，
隐身于静默的浪花里。

石头与翅膀，
在诗歌的子宫里
是孪生兄弟。

芳香，
是一首没有歌词的歌曲。

星星——
天空衬衣上的纽扣。

你的意义，
在于你成为形式。

如果一定要有忧伤，
那就告诉你的忧伤：
让它永远捧着一束玫瑰。

玫瑰旅行，
去往的最美所在，
是眼睛的疆域。

梦想也会长大，
不过是朝着童年的方向。

玫瑰，在忧伤时是一个角落，
在欢乐时是一盏青灯。

光明从不要求也不索取，
它永远在奉献。

诗歌，
是注入你肺腑的金丹，
永远来自另一个时光。

为什么，精神
只能在物质的床榻上入睡？

宇宙生了锈斑，
唯有自由才能把它擦亮。

夜晚，在恋爱中，
是个双数词[1]。

将白昼的头颅，
倚靠在夜晚的肩膀上，
这是梦
每天交给我的
美丽的差事。

---

① 阿拉伯语中的名词，从数的变化来说分为单数、双数和复数，双数名词用来表示两个人或两件事物。

雨(节选)

雨是梦?
是我的身体喜欢在它的床上辗转的梦吗?

现在我知道:
忧伤是怎样将它的火炭,
掖藏在雨的被褥之下。

雨啊,此刻的你是多么残忍!
你的丝线,
如同绞索从高空垂下,
上面耷拉着风的尸体。

雨啊,在我眼睫之平原驰骋的白马:
去唤醒,去唤醒
在那里沉睡的马群!

树弯下了腰,
也许是想看清

雨写在树脚下的信件。

雨，
落在我日子的火炭上，
使它变得更为炽烈。

乌云将雨的水罐倾倒完毕，
而后飘然远去；
然而树枝
依然没有停止哭泣。

树木，
脱去了衬衫，
为了向裸露的雨致敬。

雨：
“什么是傍晚？”
晴日：
“夜晚居室的门。”

晴日：

“什么是影子？”

雨：

“身体的另一个身体。”

晴日：

“什么是泥土？”

雨：

“万物共同的居所。”

晴日：

“什么是水？”

雨：

“植物童年的床。”

晴日：

“什么是雷电？”

雨：

“乌云家中的骚乱。”

晴日：

“什么是雪？”

雨：

“乌云的暮年。”

晴日：

“什么是森林？”

雨：

“离我最近的枕头。”

雨：

“什么是镜子？”

晴日：

“注视眼睛的眼睛。”

晴日：

“什么是源泉？”

雨：

“一具朦胧的身体，

只能映照出自己的脸庞。”

印第安人的喉咙(节选)

我行走——
一只脚踩在灰烬里，
一只脚踩在时光的边缘。

慵懒的泥土，
却在吞噬我的步伐。

雪只有一个梦想——
成为太阳的君王。

当风刮起的时候，
梧桐树便有了印第安人的喉咙。

野鸽子，
把头缩在翅膀里，
它是在回忆？是在梦想？
或是在为拥抱它的梧桐树
编织另一件衣裳，

让树配得上和它交谈的清风?

黎明赶在我之前——
搭起了梯子,
开始登上
靠在我卧室的雪松。

他的幻想里有几匹骏马,
只愿意在黄昏的花园里驰骋。

这一幕,经常会发生——
黑暗把爪子
伸进光明的身体。

纽约[1]——
允诺的天堂依然虚空,
地狱不曾吃饱,
而且欲壑难填。

① 1996年,诗人重访纽约。25年前,诗人曾首次访问美国。

一无所惧的人，
如何能成为勇者？

乌云缓慢地移动，
在人的头颅之上，
在树木的枝头之上。
风儿系统中的一个差错将我唤醒，
风，从我卧室的窗户飘进；
而夜晚，
尚未允许黎明从窗户进来。
白日啊，你这个绿色的罪犯，
梦对你做错了什么，你要将它诛杀？

真的，
道路、树木和咖啡馆，
都长着大腿，
只有恋人的眼睛才能看见。

你的宝座是绿色的，
红色的太阳啊，我的女友！

印第安人的忧伤，
在绘制科罗拉多的脸。
永恒，是这张脸的第二个名字。

我承认：
作为来自旷野的儿子，
华尔街让我吃惊——
那是处决天际的电椅，
那是光明喉咙里的癌症。

这是什么样的时间？
——骰子，
但并不握在群星的手中。

现在，我想在大脑和理智之间
播下分歧，
让我的身体
成为仲裁。
你呢，我的忧伤，
带上你驾驭过的我的马匹

去作一次旅行吧，
丢下我，
让我小睡片刻。

我如何用时光之羽，
刻画在永恒之台阶上
爬上爬下的死神的细节？
在那台阶上，
我看到月亮
在为黑暗梳头，
也看到黑暗在为月亮梳头。

“我拥有的只是呻吟，
我能献出的只有锁链。”
在纽约的水泥地上爬行的时间
如是说。

惠特曼！
是的，照亮你行进的太阳
已经死去。

泪水充满了我的眼眶，

以便让我

再一次

看清纽约。

纽约：

在它的腋毛下，

时代的尸体在伸着懒腰。

倘若我跨越了这片沙漠，

将会听到大洋的消息。

你呀，大地

在我肺腑中不眠的大地，

你如此的耐力从何处而来？

时光的皱纹(节选)

他爱风,理由有许多
他只列举了两个:
一——不用去区分
风的形式和意义;
二——通过风,
他了解了诗歌之光芒
将他导向的深渊之深度。

时光,
收集人类的泪水,
将它蓄满风的谷仓。

弯腰的小树,将头夹在两臂之间
颤抖的鸟儿,
飞行的门,
不盖被褥入睡的窗户,
花瓣散落的玫瑰树——
这些,是傍晚书页中的几处标点,

由风之笔，
留在我家门前。

风，用它的睫毛，
抚平时光的皱纹。

日子——
风耕种的田野。

风刮来，
形式的大门紧闭，
意义的大门洞开。

在风的面前，
尘土拒绝祷告，
除非是为启程而作祈祷。

风吹来，
它不再愿意
去往

星辰今晚为它们的宾客
敞开的大殿。

风：
飞舞的树叶啊，
那从树的喉咙升腾起的歌，
向你倾诉什么呢？

风——
一串灰尘的项链，
挂在天空的颈项。

太阳来到风的居所，
在门槛前站立，
不知如何敲门。

风不知道
如何计数自己下榻宫殿的台阶。

天际——

如同一个新生儿，

从风的子宫降生。

不要熄灭，

夜晚的风啊！

黎明的灯盏尚未点燃。

有时候，

风邀请我来到它的楼阁，

让我从那阳台上

观察它如何拓展空虚的疆域。

风患了不育症，

它的床榻发誓：

未曾沾上一滴

风的精液。

你如何剪去

风的爪子？

风在拨弄着
远去的童年的风琴。

但愿我能看到一滴
从风的眼里掉下的泪珠；
我以前曾见过风的头发和双乳，
还有紫色的火焰，
拥抱着风的腰肢。

雪之躯的边界（节选）

火焰和我，我们之间的秘密，
被雪公之于众。

雪有各种形态，
如同朦胧之鸟长着多个翅膀。

时光踉踉跄跄，
仿佛和雪一起飘落。

雪——
死亡的白色的名字。

今天早晨雪做得漂亮：
它的静默战胜了风的喧嚣。

雪为大地扣上衣襟，
同时解开了天空的衣衫。

我认为：雪啊，
我比火离你更远，
却比水距你更近。

雪，
是对雨的禁锢，
还是对云的解放？

雪，
如同由疲惫拖曳的
没有尽头的车队。

看哪：
雪的身体
倒在路上，
上面布满了伤口一般的窟窿。

银妆素裹的一棵树，
是一间高高的书斋，
其中只摆着

白色的笔。

雪说道：
“我向阴柔的万物承认
我给它们平添了
年迈的模样；
我承认，并且致歉。”

夏天(节选)

在晴朗的夏夜,
我曾对照着我的掌纹
解读星辰;
有个朋友跟我捣乱,
他对照着星辰解读掌纹。
那时我们没有问:
“哪一种解读更接近科学?”
我们问的是:
“哪一种解读更接近诗歌?”
朋友说:“诗歌就是自然。”
我说:“诗歌,是自然衣服上无形的幽冥。”

夏天
抓着海的手,
教导它如何同沙子握手。

忧伤曾是海滩的芳香,
在夏日的海浪来临之前。

你该深入到夏天的形式之中，
如果你想谈论意义的秋天。

太阳裸露着，在我家门前伸着懒腰，
无花果树羞愧的影子，
徒劳地想遮起太阳的双乳。
告诉我，我的身体：
这一刻，是谁俘虏了你？

夏天说：
让我伤心的是——
有人总说
春天不懂得忧伤。

夏季的太阳坐在树下，
乞讨着微风。

窗户(节选)

风从她的窗前经过
赤着脚,低垂着头,
它是来自忧伤的国度吗?

那一刻,
当夜晚登上天空的楼梯,
经过我的窗前,
将它包围,抚摸窗棂,
我正在阅读流星的传记,
并摆放从时间之树
掉落的干枯树皮。

这扇窗户,
为什么总是诱惑我
把田野当作一场婚宴,
把云彩视为爱的床笫?

窗户——

一个脸颊对着影子，
一个脸颊朝向太阳。
窗户——
心在告别，
双臂在欢迎。

岁月——
在窗户的大漠里
永远来来往往的驼队。

用什么样的火焰，
我能说服语言的圆规，
在这令人窒息的永恒的墙壁上，
描画窗户？

流亡地写作的岁月(节选)

我的日子是个译员，
他为什么译不出
我和时光之间的对话？

我的日子疯了吗？
我听到它和油灯的对话——
它说：
“用不了多久
我会假托飞蛾的身体
前来做你的客人。”

我如何对我的日子说：
“我住在你那里，却未曾抚摸你，
我周游了你的疆域，却未曾见过你？”

犹如一朵朵玫瑰，
世界在这日子的花园里凋零。

我释放了我的日子，
在它头上裹起农民的头巾，
任由它在城市的街巷漫游。

日子——
苔藓的空间，
无声无息，除了距离在呻吟。

日子——
空无一物，空无一人，
我不彷徨，我不抱怨。

日子——
它炽烈的太阳，
犹如第二种语言，
属于夜间的另一个夜晚。

倘若我的日子
喜欢在寒冷的疆域旅行，
那倒不是为了

更好地了解温暖的领地。

日子，
是清洗大地的雨。
那么，为什么，从哪里来的
这厚厚的灰尘的帷幕
遮挡着日子的脸？

日子——
一块狡猾的岩石，
被诗歌的羚羊用犄角顶撞。

“今日”过去了，
没有拍打任何人的肩膀，
没有对任何人示意；
只有孩子们
在它的背上翻滚，
在玩弄一个名叫“太阳”的圆球。

日子——

纸做的羊群，
关在“今日”的栅栏里。

爱情——
一只鸟儿
从“今日”的手掌里溜出。

日子——
扼住“今日”喉咙的屠夫。

日子——
如同一根芦苇，
时间的蚂蚁在上面爬行。

日子——
用罂粟的爪子，
挠着自己的皮肤。

日子——
私密的，

亲切的，
属于我一人。
是否因此，我在其中看见了众生？

日子——
憔悴而脆弱，
被忧伤之手切割，
一如丝线被切断。

我的日子缓缓的，缓缓的，
未能登上
它的欲望的山峰。

我不用“今日”的眼睛看，
不用“今日”的耳朵听，
也不追随“今日”的脚步。
你们爱说什么都行，
你们这些在“今日”的床榻上
站着或坐着的人们！

只有风的雕塑，
才配得上“今日”的博物馆。

今天，
我看见太阳
正在清洗日子的伤口。

日子——
光的记事簿上又一个错误。

我现在明白了：
为什么那个日子，
不过是献给豺狼节日的
祭品——
羚羊和牛。

灯（节选）

你不会见到
犹如土地那样
伸开的手掌，
张开的怀抱。

我的翅膀之末是我的脚步之初，
是否因此，
我总能超越现实？

他属于一个国家，
却无法在其中居住；
他居住在一个国家，
却无法归属其中。
他的名字是罪过，
犹如一颗石子
在历史的脸上滚动。

每一部伟大的作品，

总能同时催生
秩序与混乱。

快乐降临于我
成群结队；
不过，
只在我的幻想中行进。

我的祖国和我
身披同一具枷锁，
我如何能同祖国分开？
我如何能不爱祖国？

他谈论着翅膀，
可他的话语里
只有枷锁。

祖国——
其中的牢狱，
始于国歌。

你真正的凯旋，

在于你不断地毁坏

你的凯旋门。

流星的传说(节选)

这个瞬间多么美妙:
我身上燃起的一团烈火,
从古老的火山口升腾。

历史,
只有通过凶残的语言才能显现。

每当我试图抓住
白日之手,
夜晚之手先把我抓住。

为了解开我身上
绝望的捆绑,
我在时光的腰间
系上永恒的呓语。

城市——
一扇扇门窗

在互相窥视，

又在暗中拥抱。

城市——

街道的乳房在丰沛地产乳，

只不过流出的是鲜血，

而天空便是容器。

在意义丛林旅行的向导

什么是路?

启程的宣言

写在一页叫做泥土的纸上。

什么是树?

绿色的湖泊,波浪是风。

什么是空气?

灵魂,不愿在身体内

落户。

什么是镜子?

第二张脸,

第三只眼睛。

什么是神圣?

一副面具,

用以称颂被玷污的事物。

什么是死亡？
在女人的子宫
和大地的子宫间
运行的班车。

什么是彩虹？
云彩的身体
和太阳的身体
在大地的身体之上
折腰相拥。

什么是波浪？
在大海的屏幕之上
浮动的画面。

什么是岸？
波涛休息的枕头。

什么是星星？

一本书，

最美的是书的封面。

什么是老年？

朝着两个方向生长的禾苗：

童年的黎明，

死亡的夜晚。

什么是夜色？

孕育太阳的子宫。

什么是流星？

飞出的箭矢，

只为实现一个目标：

粉碎并且死亡。

什么是日落？

从太阳身上

滑落的汗水。

什么是诗篇？
女童
在不停地
吮吸母乳。

什么是梦？
现实升起来
以便配得上幻想。

什么是幸福？
墓碑，
矗立在语言边际的墓地。

什么是希望？
用生命的语言
描述死亡。

什么是绝望？
用死亡的语言
描述生命。

什么是泥土？

肉体的未来。

什么是黄昏？

诀别词。

什么是眼泪？

身体输掉的战争。

什么是回声？

行走累垮的身体——

正在消失

已经消失。

什么是尘土？

风的死对头和最强劲的竞争者。

什么是床？

夜晚

在夜晚的内部。

什么是地平线？

无止境的活动的天空。

什么是偶然？

风之树的果实

掉在你手中，

你却浑然不知。

什么是玫瑰？

为了被斩首而生长的头颅。

什么是真相？

让你描绘水的面孔

或是光的脸庞。

什么是来世？

我们喜欢见识的房子，

却不愿在其中居住。

什么是天空？

你刚刚登上
却突然破碎的梯子。

什么是夜晚?
太阳蒙脸的面罩。

什么是美?
一种形式,
你在它后面会发现奥秘,
有时还会发现上帝。

什么是无意义?
流行最广的一种病症。

什么是存在?
总需要重新审视的
那种东西。

什么是现实?
语言之河的

沉积物。

什么是贫穷?
在大地上移动的坟墓。

什么是友谊?
第二个太阳。

什么是臆想?
手,
为暧昧的身体把脉。

什么是夜晚?
出售星辰之书的书商。

什么是祈祷?
话语之水
蒸发而成空中之云。

什么是眼泪?

最明亮的镜子。

什么是月亮?
太阳的忠实侍者。

什么是绝对?
大脑来了月经。

什么是裸露?
身体的开端。

什么是痕迹?
停止行走的脚步。

什么是记忆?
一所房子
只适合已逝的事物居住。

什么是诗歌?
远航的船只

没有码头。

什么是枕头？
夜之梯的第一阶。

什么是失败？
人生湖泊上
漂浮的水藻。

什么是人生？
朝着黄昏
不停地行走。

什么是混乱？
身体之夜的另一种秩序。

什么是幻想？
现实的香气。

什么是历史？

瞎眼的敲鼓人。

什么是雨?
从乌云的列车上
下来的最后一位旅客。

什么是脸庞?
眼泪迁徙
途经的最近港湾。

什么是白昼?
囚禁阳光的最大的笼子。

什么是沙漠?
一位女巫
在不停地阅读沙砾。

什么是沙?
一位读者
总是在阅读同一本小说——风。

什么是秘密?
一扇紧闭的门,
一打开就会破碎。

什么是叫喊?
声音长了锈。

什么是尘土?
从大地的肺里发出的叹息。

什么是手指?
身体汪洋最初的海岸。

什么是翅膀?
天空耳畔的一句低语。

什么是笼子?
满满的空。

什么是忧愁?

黄昏，

降临在身体的天空。

什么是幸运？

时间手中的骰子。

什么是梦想？

一个不停地叩打

现实之门的饿汉。

什么是忧伤？

一个单词

被欢乐的字典错误地舍弃。

什么是意外？

飞鸟

逃脱了现实的牢笼。

什么是祖国？

躺在语言长椅上的身体。

什么是语言?

列车,

同时又是道路、旅程和抵达。

什么是河流?

大地在双乳间

或是肚脐下

安放的床。

什么是花园?

一位女诗人,

在沉睡中作诗,

在静默中吟诵。

什么是中心?

一切边缘的边缘。

什么是确信?

作出不需要知识的决定。

什么是时光？
我们穿上的衣服，
却再也脱不下来。

什么是直线？
看不见的曲线的汇合。

什么是海市蜃楼？
太阳穿着沙的衣裳
却要模仿水。

什么是水？
火的地狱。

什么是肚脐眼？
两个天堂之间的中途。

什么是吻？
有形的采撷者
采摘无形的果实。

什么是焦虑？
褶子和皱纹
在神经的丝绸上。

什么是隐喻？
在词语的胸中
扑闪的翅膀。

什么是创新？
偶然之手佩戴的戒指。

什么是拥抱？
两者间的第三者。

什么是意义？
无意义的开始
与终结。

《书：昨天，空间，现在》（第三卷）选译

(2002)

穆太奈比[①]的骨灰

笛声传来，如同有人呻吟，
是谁在吹奏？
太阳之弦惊奇地发问，
风儿，并不知道答案。

大地进入它愿望的字母表，
诗歌走进诗的水中。
云的主人啊，或许你现在相信：
雨，不过是一场哭泣。
啊，升腾何其遥远，下坠却近在咫尺！

宇宙仿佛是个儿童，
在诗篇的顶峰学步，
它的双眼献给了夜晚，
肢体彻夜不眠。

---

① 穆太奈比（915—965）：阿拉伯古代最杰出的诗人之一，以哲理诗、矜夸诗、颂诗著称于后世。他的许多颂诗献给当时的埃及国王卡夫尔。这首诗乃诗人阿多尼斯假借卡夫尔国王之名而作，其中针砭阿拉伯社会时弊的意蕴颇为明显。

灰烬覆盖着心头，灵魂
沉醉于另一种鲜血，
那不是我们在血的辞典里认识的鲜血。

我预料，时间在悄悄地，
把我情愿的一种饥渴
和我不情愿的一种水相混。

我犹豫：我该选择什么形式，
去旅行，前往他[1]的所在？

难道，那是我打开通向他的诗歌之路时
一朵拒绝的玫瑰？
或是正从他历史的深处涌出的痛苦？
我的焦急，在于我在引领变化之际蹒跚不定。
什么？

是否，有时水在撒谎，
以便让空气说出真相？

① 此处及下文中的代词“他”，似应指为卡夫尔写颂诗的大诗人穆太奈比。

是否，光明假借黑暗的形式，
以便体验它的苦恼，
并以此考验众多先知？

灰烬，把幼发拉底的河水引到他的脸上，
灰烬，一视同仁地礼待自己的黑暗和天空。

底格里斯河，被束缚在
它痛苦的锁链上，
它在脸上堆积的尘土里，
它在皱纹里挖掘的虚伪之穴里，
被束缚在它的秘窟里。

难道不是吗——
自我们历史的太初开始，
我们中谁都不曾死去。
欧麦尔、阿里、奥斯曼和圣门的第一个弟子①，

① 伊斯兰教先知穆罕默德去世后，阿拉伯帝国进入四大哈里发时代，他们依次是艾布·伯克尔、欧麦尔、奥斯曼和阿里。“圣门的第一个弟子”即第一位哈里发艾布·伯克尔。

穆阿威叶和叶齐德[1]

艾布·塔里布、艾布·莱亥卜[2]

都依然活着。

他们的后代

是他们的翻版。

跟他们一样，我们处事、执政、生活；

跟他们一样，

我们喝水、沐浴，也跟他们一样吃饭。

他们仍活在每一桩事情上，

活在城市里，城市的节日、市场里，

活在宣礼塔、街巷，

活在每一个街区，

每一个家庭里。

这是他们的宅第、院落和脚印，

这是他们的土地、文章和声音。

他们在做事，畅所欲言，而我们在倾听，

---

① 穆阿威叶和叶齐德是倭马亚家族的两兄弟，曾辅助哈里发欧麦尔开拓疆域。穆阿威叶还创立了阿拉伯历史上的倭马亚王朝。

② 艾布·塔里布和艾布·莱亥卜是先知穆罕默德的两个叔叔。

什么也不说，什么也不做。
自从我们源于古莱氏[1]的历史，
我们中谁都不曾死去，
我们中间死去的，
只有生命的光辉，
只有生命壮丽的升华，
只有先知。

——“那火花
曾经匿身于巴格达退潮中的火花，
你怎么默不作声？”

——“在话语里有野火，
灵魂憔悴不堪，头颅在黑暗中沉默。”

——“你怎么默不作声？”

——“难道要我吟唱革命者的血，

① 古莱氏是阿拉伯半岛麦加一地的著名部落，先知穆罕默德即诞生在这一部落。

让暴君以后不再荼毒生灵？
难道要我探究野蛮的轨道，
以便我们的日子和思想变得文明？”

——“你怎么默不作声？”

——“诗歌中的潮涨潮落，
无法启示那片杀戮的海洋。
那记忆是多么痛苦：
永恒的荒漠，
破碎而彷徨的永恒的队列，
在荒漠中趑趄而行。”

——“你怎么默不作声？”

——“在悬崖的边缘，
只有沉默吞噬着说话的人们。
看哪，多么恐怖！没有立足之地，除了
在狱卒的身影下滚动的球体。”

——“你怎么默不作声？”

——“不妨说：我的血液忐忑不安；
不妨说：喉咙是坟墓之始。”

《身体之初，大海之末》[1]选译

(2003)

① 这部诗集中的部分诗歌，在译成意大利语出版时取名为《爱情诗 100 首》。

音乐篇·一

（之六）

我想象我的爱情：
从一样东西的肺里吐出
来到
诗歌里
化身为一朵玫瑰或一粒纤尘

它对着一切倾诉
向宇宙低语它的境遇
就像风儿和太阳
穿破大自然的胸膛
或是，往大地的簿册
泼上白昼的墨汁

（之二十一）

每天
我和镜子之间有一场对话
不是为阅读爱情:它现在怎样了?
不是为阅读我脸部的变化
或是死神在我双眼间的一次闪现,而是
为了教我的爱
向面前的镜子发问:为什么
我不能感觉存在的黑夜,幽冥的真相,我的真相?
为什么我不能感觉我自身,除非
当我凝视起我的脸庞?

（之二十七）

月亮,月亮是多么温柔
当它来临,从她的池塘汲水
当它隐去——向她辞别的时候;
床、被子和床单,是多么温柔
当我们的肢体
长久地相拥,当我们期望不眠的天使
在天空的桥上踱步
慢慢踱步的时候。

星星是多么温柔:它总在歌唱
每当夜晚拥抱起我们
每当夜晚打听我们的境况……

（之三十一）

我怎么称呼我们之间过去的一切？

“我们之间的不是故事
不是人类或精灵的苹果
不是引往一个季节
或是一个地方的向导
不是可以写成历史的事物。”
发自我们肺腑的沧桑如是说。

那么，我该如何形容我们的爱情
被这个时代的皱纹收纳的爱情？

(之三十三)

我曾浸没于爱的河流
今天,我在河水上行走。

如果爱把它的竖琴折断
赤脚行走在断琴的遗骸上
什么将会改变?

我向谁发问:
欲望的黎明或是它的夜晚?

（之三十七）

也许，

大地上并没有爱情

除了我们幻想着

以为有一天能够得到的东西

别停下

继续欢舞，爱情啊，诗歌啊！

哪怕这舞蹈就是死亡。

（之三十八）

似乎这岩石，我爱情的岩石迷失在
我血管的沙漠中
难道我要发问：谁从岩石上跌落，谁在攀登？
然而，我会成为什么？那一刻会是什么样子——
当被屠杀的爱情，化身为一头
在沙漠中难觅栖所的野牛
向我走来？

我作证：我
需要另一场生命，才能懂得如何配得上爱情
如何向阿什塔尔谈论爱情
如何向只在阿什塔尔之殿绽放的红色、黑色的野花
传达我的灵感。
我作证：我
需要像大海一样的爱情洗涤我的贫困。
我作证，我
将我的生命洒落四方
以便在这贫困的黑暗里
孤独地，度过残生。

音乐篇·二

（之二）

我幻想我是一首歌
在芦苇的心中摇曳
我和光明交融
在太阳的闺阁里
在树木的帐篷里

我时而
隐身于泉水中
时而，从高坡跌落到
看不见底部的深洞

啊，爱情，这股清泉
从疲惫的巅峰流下

（之八）

无论爱情是神灵
是游戏，还是一场偶然
只有在爱情里，我们岁月的荒芜
才能找到荫蔽

因此，我们庆贺
爱情赋予的恩惠
我们用涌自爱情之源的水流
书写肢体的历史

(之三十一)

梦,依然在床上裸露
你依然在它怀中
梦的一丝痕迹还在枕上残留:
我们的伤口
在床边休憩
将影子伸展在枕席

梦,请你发誓,我几乎难以置信:
你啊,在我眼帘下聚集的乌云
是我生命的一部分吗?你呀,
是我生命中的羚羊吗?

（之四十七）

时光不是床榻,大地不是一场昏睡
爱之树裸着身躯
爱中意的地方无遮无蔽

是否,夜晚唤醒了梦
任它在太阳的街上奔跑?我想象
在爱的天体
打着哈欠的那些太阳
不过是大地的几处创伤

我将为这被照亮的地方歌唱
以我之前恋人们的碎片
此生此在,不过是用来放歌的一段时光。

音乐篇·三

(之十一)

生活抓住我们,将我们抛掷在
它漩涡的罗网
把它的胸膛
交付给我们岁月的门窗

当我问起自己:我们得到了什么?
我四顾,透过门窗
只见到罗网

难道,我们以为
——犹如祖先一样——
我们已摆脱了罗网?难道我们
犹如祖先一样
还在迷恋生活
那生活却在迷恋自己的枷锁?

（之十四）

你是否认为真相
在爱情中，
在夜生育的一切中
都是毒药？

你是否见它来来往往、起起伏伏
狂暴，背信，身披不可能的外袍？
那么，幻象啊，我们醴泉的海洋
为什么，我们不把身体
献给它乖戾的欲念
无论它被人怎样摹描？

幻象啊，给我指路，告诉我：
路在何方？

（之十九）

你是否感到快慰:当云彩飘来,顷刻间远去
接着又飘来新的云彩?
你是否感到快慰:坟墓是住宅
在它的四壁内
人人平等,无论贱卑?
你是否感到快慰:举目所见
无非是云彩画笔的杰作?
我的快慰在于:
我来自的那个地方
依然向时光低诉它的奥秘
我属于的那个时光
依然在更新色彩
将树的书本
一页页翻开

（之三十三）

从我绝望的森林里
昨天，我采撷了花朵，要制作一个花冠
为我余下的岁月加冕
我要为黎明的池沼和夜的肚脐熏香
为我的黑暗的床榻
准备光的护身符

我将祈祷
以迷失在我身内的儿童的希望
祈祷我的幻念将我原谅

《预言吧，盲人！》选译

(2003)

盲人在预言中记述的几种境况(节选)

诗人的境况(一)

你只能朦胧地理解他。

可他是多么清晰:

意义的太阳,有时,

会被墙的阴影遮挡。

诗人的境况(二)

在死后,他对那个君王说:
你逝去了,你的王权逝去了,你的大军逝去了。
我依然故我
我在每个清晨再生。
他对那个君王说:
起来,去见证,你会发现
你在追随我的踪影和脚步
你会看到我的诗歌
成为光的君王,你是我的一道光线
在我的词语里炽燃。

被告的境况

——“你的某些言语，是影射先知。”

——“我没有影射。”

——“你否认有关性交各种特征的圣言，你在黑暗中信仰你的隐秘魔鬼的启示。”

——……

思想者的境况

我经常犯错，我依然在犯错，
我希望这种错误持续不断——为了获得被照明的真知。
我不要完美，在我的呐喊和叹息中迸发的思念
并不需要一张靠椅。

草寇的境况

我只有这个濒死的时代

我只有这本濒死的书籍

我只有这条濒死的道路

我只有这个濒死的国家

我只有这份正在前行的虚空

——在人类的脚步下升腾、蔓延

写作者的境况

儿童写道:“城市的声音响起
重复着叹息和哀歌。”
老人写道:“唉,我们这块土地的泉流是红色的。”
穷人写道:“空虚是我们脚下的种子。”
诗人写道:“绳索拖曳着
在窝巢旁窒息而死的鸟儿。”

太阳会写什么?它对太阳的子嗣会说些什么?

疑问者的境况

是什么在他内心涌动?
爱与恐惧的碎片?
梦的队列?
马群?幽暗的不眠之火山?

他探究
任由这股激流奔腾
驱赶着一排排骇浪和宇宙搏斗
墨水
下垂的手掌
谁在书写?
啊,激流——朋友、敌人和父亲!

流亡者的境况

他逃离了他的民众
当黑暗说“我是他们的大地，我是大地的奥秘”时
他该如何、怎样称呼一个国家
——不再属于他、他又舍此无它的国家？

民族的境况

民族:一片森林
屠杀了林中的飞鸟
以便在屠杀的血迹中,看清
自然的躯体如何反刍翅膀的记忆

统治者的境况

他的大脑是谬误的
但他的宝座是正确的
国家向他弯腰
向他的车轮弯腰

不容辩驳之理的境况

我不怀疑：神话驱策的马群
在杀害它的骑士。

《黑域》[1]选译

(2005)

① 本书收入诗人自 20 世纪 80 年代至本世纪初发表于阿拉伯报章的部分诗文。

短章集锦①

阿拉伯的大地是忧伤的，
她的忧伤是语言额头的皱纹。

谁了解如何阅读诗歌，
自己就会变成诗歌。

用诗歌阅读世界，而不是用世界阅读诗歌，
在我看来，这才是真正的诗歌评论。

没有一种水洗涤现实的躯体
如同梦之水一样。

暴君只会酿醇他们偏爱的酒：
自由的血。

这个建立在规则和教条之上的世界

① 标题为译者所加。

尚存的唯一欢欣，
便是在规则和教条之外生活与创造。

我属于一个已经终结的世界，
但它并不承认自己的末日；
相反，它还想再生。
在何处？
在它自身的废墟里，
在它的幻景与魅影里。

“尘土就是我们的岁月。”
然而，在这尘土的后面，
或是底下，
却有着生命的脉动。

写吧。不要写！诗人啊——
除非是为了在词语的巢房里
种下愿望的丛林。

阿拉伯语不会挺直腰杆，

除非阿拉伯人行使起自由，
如同它是字母表中的另一个字母。

难道被割断了颈项，
正义的头颅真的会高昂？

忠诚于“绝对真理”的人们，
每一天，这样的“真理”
都在背叛他们。

不要向风求助，
你也许会引起尘土的嫉妒。

谈论世界终结的话语，自古以来
无非是再一次强调：
“终结”只是另一个“起始”的
另一个称谓。

当我想要步入光明时，
我在我的阴影里行走。

"我想成为老翁。"

这是新月自诞生起

就不停对星辰重复的话语。

——你为什么是诗人?

——因为我只会同不会说话的无名者说话。

我一直希望有机会倾听

一次公开的对话

在天使与魔鬼之间。

诗人啊,你的孤独有多么繁庶,

又有多么不幸:

它是生活在完全寂静之中的整个民族。

祖国如何能伟大

凭着琐小的人?

我写,

不是为了展现真理,

而是为了学习如何寻求真理。

你不会因年长而衰老，
而是因偏要留住青春而衰老。

只有上帝，知道他的心思
知道他是虔信者还是渎神者；
那么，那些声称自己确信上帝的人们
凭什么道理和他论辩宗教？

你说：“我在。”
并不一定意味着你活着。

出于哪门子智慧，或是为了哪门子智慧，
只有魔鬼才被赋予
和上帝论辩的权利？

我曾期待俄耳甫斯[①]和欧里狄克相聚

① 又译奥尔甫斯，古希腊传说中的英雄，有超人的音乐天赋，尤擅弹竖琴。传说他曾前往阴间营救被蛇咬死的爱妻欧里狄克，但因离开时违背冥王之命而回顾阴间，因而营救未果。

以便看看：
他是扔下竖琴去拥抱她
还是相反，继续抱着竖琴？

没有疯狂的世界，
不可能是理性的世界。

是什么令你烦恼，诗人？
你想让不懂得自由的人
承认你的自由吗？

今天，围坐在思想周边的
是卫兵、侍从和厨子。
在思想的历史上
这不是首次。

在尚未确定他是否长着头颅之前，
他们已为他准备好王冠。

怪哉鳄鱼——

凶残成性，
而当它袭击猎物时，
却要以眼泪武装自己。

曾经，
我宁要伟大脑袋的绝望，
也不要渺小脑袋的希望。

曾经，
我仿佛听到葡萄对我窃语：
“我结成果实，
只是为了一醉。”

曾经，
我看到诗歌
在为难，迷茫；
这一刻，我似乎觉得
它就像一位雕刻家
正在风的墙上
雕刻作品。

曾经，

逻辑倚靠着一根断杖

在我手中入睡，

诗歌却欢舞着不眠，

伴随着万物的催化。

曾经，

我大叫：理智啊，

你为何着迷于星辰的衣裳，

却将她们的身体遗忘？

曾经，

在童年——我把村里河边的石子

堆来摆去，

只想从清脆的碰响中

了解源泉的哭泣。

曾经，

我申请加入波涛的协会，

我请求海鸥

为我作介绍。

在我心灵的深处有一道光，
我感觉它长着嘴巴，总是对我私语：
光明并不是为了把你导向清晰，
而是为了让你越来越靠近意义夜晚的广袤边境。
清晰：并非朦胧的终结，而是它的起始。

光，开始唤醒夜，
夜，开始唤醒渔网和波涛，
所有的一切都在嘟囔着它的名字
为它出现在大地而颤抖：
——染红天际四壁的血来自何处？
——谁在发问？
大自然是哑巴，
通往语言之邸的向导是瞎子。

此刻，有一首歌从湿润的时间上升起，
然而群星在蹒跚，月亮慵懒地仰卧，带着几分醉意
连朋友们，

也在他们为敌人搭建的监狱里睡眠。
哪儿是大地?哪儿是她的左脸颊?
或许死亡教导我们如何肇始,
但唯有生命,教导我们如何终结。

我们的历史,
依然按照锣鼓的意愿——而非理性的意愿——被创造。

什么是通行的道德?
——蜡烛,快要熄灭在令人窒息的洞穴里。

亚伯对该隐讲述的是哪一种语言?

世界让我遍体鳞伤,
但伤口长出的却是翅膀。

向我袭来的黑暗,让我更加闪亮。
孤独,也是我向光明攀登的一道阶梯。

诗歌的魅力:

其中没有父权，没有游戏，脱离事务，没有缘由与规则，

既超越时间，又囿于时间。

流动的水——突然停止流动；

冻结的水——突然涌动奔流。

我在街上行走，不是为了描写，不是为了求证。

我行走，为了想象，为了解放感觉。

我不陈述，

驱动我的兴奋，不会让我的话语成为一种陈述。

隐藏在你内心的是什么？

不是“你”，也不是“非你”。

我写的，是遵从荒凉的旨意。

如果真有司掌写作的魔鬼，那么废墟便是这样的魔鬼。

政治是诗歌眼里的草秸。

人们为了填平深渊而写作，

我为了加深、拓宽深渊而写作。

诗歌,这座浮桥
架设于你不解的自我和你不懂的世界之间。

真理养了一只鸟
(无论如何,不会是戴胜鸟),
一起飞就会滴血。

不,并没有什么路,
你应该每天开辟自己的路。

在某些时刻,自某些时刻
有泉水涌出,像轻舟一样载我
将我引向我乐不思返的疆域。

路——
我们以为解放我们的恰恰禁锢了我们。

那些要求我在这世上现实一点的人们
如同要求我用一只脚走路。

我写作,是为了
让唯一能浇灌我内心的泉水继续流淌。

别要求我指引你——
我只会将你指向最艰难的道路。

他要抵达前方,往往只缺少
向后退却的几步。

生活只愿教导他生活自己的课程
没想到生活是如此自恋!

“梦的钥匙?”啊!这是一把
连自己的门都打不开的钥匙。

昨夜,
他想专用来梦见自由
因此他无法入眠。

不要只害怕魔鬼,还有天使呢。

"天使",在万物中最有可能突然变身为魔鬼。

即便当你把耳朵贴近天空的嘴巴,
你也不会听到天使的声音。

你两手空空,
然而,手中还是不断地掉落
你的一部分:时间。

如果他在你被囚时,毫不犹豫地杀你,
那么当你自由时,他怎么会犹豫呢?

他要求我走得更远,
可他知道我正濒临深渊——
他是谁?他在哪里?

从脑袋里,思想自由地进出。
然而,是什么奥秘
让脑袋常常成为这一思想的囚徒?

是的,我重复
但是,正如大海重复着浪涛
那浪涛依旧,却不是同样的浪涛。

极少数的人,
能够并知道说出:
在阿拉伯社会,二十世纪之后是十世纪。

时光,在阿拉伯社会停止了工作,
尽管如此,看来只有它还在工作。

你拒绝自杀,我同意,
然而,疲惫的人啊,
你怎么办
——如果只有死亡能给你安宁?

欢乐,需要我们为之欢乐的东西
忧伤却什么都不需要:
欢乐是生命的状态,忧伤是存在的状态。

多么广大的恩佑：
即便当我们坠入地狱时，
我们也需要上帝的关怀与襄助。

时间啊，
现在你可以提出难解的问题了。

无论你多么爱国，你如何能归属于一个
不归属于你的祖国?

我的理智知足了，但我的步伐依然固执。

童年是让你能够忍受暮年的那股力量。

用麦子做成的一百个面包，
也做不成一个原子的面包。

倘若没有“未知”藏匿于我们自身，
我们如何能认识宇宙中的“未知”?

忽视，遗忘——
如果你想要不断更新。

我不畏惧，不意外，因为我不怀任何希望。
现在发生的一切，我本预料会在昨天发生。

安萨里[1]求助于艾布·努瓦斯[2]：
这一幕将会一再上演于阿拉伯之家未来的诊室：知识解剖室。

阿拉伯文化的问题在于：
你若是相信太阳，就去证伪天空；
你若是相信天空，就去证伪太阳。

在一个奠基于死亡之上的生命里，
你如何生存？你的生活是什么状况？

只有对这片飘过的云彩，我才承认错误。

---

① 安萨里（1059—1111）：阿拉伯古典哲学家，奠定了正统派教义学理论，是后世公认的"伊斯兰权威"。

② 艾布·努瓦斯（762—813）：阿拔斯时期杰出的诗人，阿拉伯文学史上咏酒诗人的旗手，以离经叛道、玩世不恭著称。

如果你能够从作品中知道作家的年龄
那就表明他是个拙劣的作家——
创新的作家没有年龄,创新的作品亦然。

我知道当我读的时候,
我为一个人而读——我。
可是,我为谁而写呢?

我们如何在友谊之手和爱情之手中间取舍?
然而问题在于:
我们知道不可思议的爱,却不知道不可思议的友谊。

我感到我被终身放逐,
在我写下的每一个句子里。

夜晚在我的枕头上沉睡,
我却独自无眠。

清晨借给我它的墨水,是要我书写黄昏;

黄昏借给我它的墨水,是要我书写清晨。

此刻我感到:我的记性如同女孩,
记忆是装饰她发辫的彩带。

麦穗随着风弯腰,
不是为了致敬,
而是为了给风指明离别的道路。

海岸的石砾有着多么博大的智慧:
以永恒的静寂,聆听着
永远唠叨的波涛。

我时常谈论起迷宫,
别以为它存在于外部世界——
请确信它就在我的心中。

天空要我学会云彩的礼节,
但是昨天我见到:
黄昏的云彩遮住了天空,

却没有向它致歉。

光，为我的无知而惊讶——
那是当我问起：
云彩阅读什么？

流离失所，但他只愿栖身于清白的庇所；
许多人憎恨他，但他只愿教授爱；
他是被时代绞碎的面孔，但他只愿照自己的清白和爱创造世界。
他，就是打开天际的光明。

用诗歌，他想超越诗歌。

手是田野和作坊的祖国
如同眼睛是天际的祖国。

只有通过一种方式才能征服死亡：
抢在死亡之前改变世界。

——你和他之间有何区别？

——他屈从于已经存在的黑暗,我屈从于尚未存在的黎明。

他有多重身份,
因为他只有一个国度:自由。

你在空虚中写作的感受
有时候也让你感受到充实。

不要谴责,不要表白,
让一切在它自己的诗歌里遨游。

女人——一根肋骨[1],
来自男人——另一根肋骨;
然而人们还是说:那子宫是万恶之本。
有子宫的人啊,他们给你扣上罪名,加以驱逐。
女人!欢迎你的罪恶——毁坏了契约的罪恶,
欢迎你善良的堕落。

---

① 根据近东三大宗教(犹太教、基督教、伊斯兰教)的创世说,神从亚当身上取下一根肋骨,造成人间第一个女人,即夏娃。

有的男人,由组成他名字的几个字母构成,
不多,或许还略少。

至今,他还在寻找天堂;
至今,他发现的只是地狱。

这是什么文化?
——你无法成为自己,除非你离开自己。

感谢我的敌人——
武装了我,使我摆脱软弱。
感谢他们:他们愈是凶残,我愈有活力和力量。

你与你的时代作对吗?
那么,你走在一条通往更深、更美境界的路上。

他不感到自己是谬误的,
只有当他强调自己说出了真理的时候。

无意义——

那种即便当它不存在的时候依然存在的唯一存在。

一只脚踏在开启混沌的方向，
一只脚踏进肇始精确的方向，
两个方向一起构成我的路，
两只脚赋予我脚步的孤独：
卓然独行，令任何章法难以企及。

爱情，是一句西班牙—阿拉伯的谚语：
“用曲折的书法写成的笔直的文字。”

好的，我将给你火；
可是，你为什么不去自己寻找点亮你的火花？
好的，我将给你火花；
可是，你为什么不去自己点燃适合你的火？

“每一个爱国者背后都有一个商人。”
——美国小说家麦尔维尔[①]如是说。

① 赫尔曼·麦尔维尔（1819—1981）：美国现代作家，著有代表作《白鲸》等作品。

"是否正因为如此,爱国者满脑子想的都是指控别人叛国,并且相互指控?"
——诗人如是问。

我搜集我的错误,
不是为了把它置于枕下,
而是为了把它洒落在路上:
错误,也会发光。

罪过:对自由的另一种赞美。

"我们在爱中创造的一切,总会在善恶之外实现。"——尼采如是说。
也许是的。
因为爱是自然与超自然相聚的那一点,
两者融合为一,以致难以分辨什么是肉体、什么是灵魂。

"绝对"是没有终点的阶梯。
奇怪的是,攀登"绝对"之梯的身躯,并非那些强健的身躯,而是那些羸弱的躯体。

你以为已经超越、弃之身后的事物，或许会在你面前突然冒出，在

某个瞬间，在某个地方。

那个国度，其制度多么完美，其治安多么出色！

其中只剩下寡妇和狗：

寡妇打扫街道，狗充当卫士。

“无形”是我寻访“有形”的向导。

靠在我窗前的那棵树上刚刚坠落的一片叶子，或许也想对我证实：

死亡，是生命最深刻的创造。

语言是乐器一件，

但它写就的诗篇却是交响乐。

他们：

想要把他和他们自己拉平。

因此，他们谈论的只是他生命和作品中的缺陷。

如果你认为自己能够实现梦想，

那么你永远不会梦想。

人的一生是两个承诺之间的浮桥：
梦醒时对生命的承诺，梦幻中对死亡的承诺。

通常，读者只喜欢能从中找到自己思想的书籍；
真正的读者喜欢能从中找到挑战自己思想的书籍。

只有当时光从你手中溜走，你才感到它的沉重：
白昼，当你身处其间，是一翼飞羽；
然而，当它逝去，就变成了岩石。

沙漠强化了雨的自信：
相信它是永远被期待的。

如你所说，那真是一个有爱心的民族，
然而，它爱的只是死去的子嗣
——这是一个忠实于坟墓的民族。

也许，我们这个时代最能凸现这样的矛盾：

“好”的原则和“坏”的结果，
“复兴”的思想和“致死”的行动。

在你说“他占有崇高地位”之前，
先问问：是哪些人抬高了他？是哪些人在仰望他？

他改变了想法却未改变趣味；
或者改变了趣味却未改变想法：
在两种情况下他都并未改变。

“现时”由死去的人们造就，
“未来”由缺乏“现时”的词语造就——
这就是主流的阿拉伯思想。

生活，让你和他人相聚，
可是，生活是否让你和你自己相聚？

我从未听肉体谈论过灵魂；
我听灵魂每次都在谈论肉体。

她说:快乐是尘世的天空。

我说:但愿它是天上的尘世。

生命并不短暂,短暂的是人。

她忿忿而问:

“人与动物的区别是什么?语言吗?”

没等我回答,她答道:

“区别在于人能够转变为动物。”

诗人不会有洞察幽冥的眼力,

如果他没有洞察现实的眼光。

你如何确定你自己,只取决于你如何否定你自己。

他喜欢坐在风中,

只为了预先体验制造他最后床榻的那种物质。

他谈论着翅膀,

但他的话语中只有桎梏。

如果现时是连接“两岸”——过去和未来——的桥梁，
那么人的创作只有始于这“两岸”的汇聚，才能获得价值和意义。

言语是只在故土生长的树呢？还是如同光一样生长在任何地方？
说出你的答案，我会说出你创作的是哪一类作品。

有一类书——当然很少——不仅需要你用大脑阅读，还需要你用整个身体去阅读。

勇敢的身体，怯懦的思想：这是社会腐烂与堕落的标志。

在诗歌中，你不能忠实于你的时代，而应忠实于时间。
或许，为了忠实于你自己和诗歌，你应该背叛你的时代。

你真正的凯旋，在于你不停地毁坏你的凯旋门。

政治，在实践层面上，仿佛世界一样巨大的锅炉，
煮满了一大锅汤，里面是各种各样的头颅。

他形容自己在同奴性战斗，
可他却是自己思想的奴仆。

写作是变化诞生的子宫。

政客不止有一条舌头，也许这不是什么问题。
问题在于他不止有两只手。

当我凝视淹没了世界的灰烬时，我感到一阵眩晕；
只有当我想象创造者的头颅在四周愤怒地燃烧，诗歌的翅膀在灰烬之上扇动时，我才醒来。

想象力在诗歌中是桥梁，
在爱情中是森林。

死亡，是将生命转化为意义的最后一种形式吗？

或许，阅读这个世界最合适、最深刻的方式，
是在阴暗中，或是闭上双眼去阅读。

据说,他沉迷于矛盾之中。

他答道:"这是对的。"

他又说:"否则,我无法辨别真理与谬误。"

他又劝告朋友们:

"糊涂又有何妨:

赞扬你们的人并不真正了解你们,

贬斥你们的人完全不懂得你们。"

今天,低头的是风,

灰尘高高在上。

希腊神话说:

"有一种愚蠢是天使般的愚蠢。"

真是这样吗,柏拉图?

夜晚,是太阳之书里的一个小注脚。

仅仅创造历史还不够,

在创造历史之际,还必须

创造超越历史的勋绩。

夜的词语里有皮肤，
今天，我抚摸起来，
我感到像在抚摸自己的身体。

你家的宅基是什么？
——流亡地。

如果水仅仅是水而已，
那它早就渴死了。

因循有着另外一个名字：牢笼。

像源泉那样吧：
哭泣，但不埋怨。

是的，记忆将我们唤醒，
但那是在死亡的怀抱中。

人发现自己开始认识生命的瞬间，
死亡突然来临。

如果风不是无政府主义者，
天空中就不会发生任何革命。

自从我们发明了“正确”，
我们认识的就只是“错误”。

通常，历史是由鲜血写就的。
通常，另一滴鲜血把它抹去。
这样互相吞噬的
是哪一种永恒？

流放地？——
只有在写作中，尤其在诗歌中才能找到。

从爱之云降下的雪正在让我燃烧。

我们为什么常常忘记：
人的始祖——亚当的儿子——生来就是杀人者[1]？

---

① 根据宗教传说，亚当与夏娃生有两个儿子：该隐和亚伯；哥哥该隐因上帝独宠亚伯而生妒意，遂杀其弟于田野。从此，拉开了人类相互残杀的序幕。

正是兄弟相弑的罪过,在宗教意义上,建立了世界?

用血书写的历史不是历史,
那是又一滴血。

反抗父亲的革命?
在阿拉伯社会,这样的革命一旦宣告就已灭亡:
它在本质上是制造另一个父亲的革命。
似乎父亲不会死亡,只会更替。

小草在狂风面前低头,但它决不听从狂风的话语。

他对我说:民族是一首诗,个人是其中的字眼。
我对他说:那么诗歌在哪里?

时间:
在书籍的焚烧中开始和终结的工作;
犹如天空那么硕大的子宫,从中降临出嗜好自己桎梏的人们。
时间:
比沙漠多,比一棵树少。

踏着似乎遥无边际的黑暗之梯降临到空间。

时间:

蜘蛛布成的雷达在跟踪自由的翅膀,

其语言是大海,但沙漠才是它的话语,

其双肩是两座大山,死亡的驼队在其间踱行。

时间:

那里的自由是我们皮肤下面的铃铛,

生活将它撂倒,我们一无所闻。

时间:

天空喉咙中的一声咳嗽。

时间:

那里的绝望站立在我的双眼之间,

在我的睫毛上擦它胸口的痒。

为什么,两个真正的敌人之间的关系,通常比两个真正的朋友之间的关系,更加深厚、坦率、持久?

精神被偶像崇拜的丛林环绕:这就是“古代”生活。

是否可以说:“现代”生活恰恰相反——偶像崇拜的丛林被精神环绕?

不，不足为怪——

如果我们看到降临街头的月亮时而呈苹果状，时而又化身为警察。

在这个灾难织就、鲜血铸成的时代，

每天都有一个颤抖的身体在太阳面前醒来，

它的名字是——祖国。

有一个社会，

它的每个成员在思考、写作、工作时，都仿佛唯独自己是光明：

是否因此，他见到的只是黑暗？

有一个社会，

它的每个成员在思考、写作、工作时，都仿佛自己是初始：

是否因此，任何人都不去开始

或者说，刚开始就已终结？

有一个社会，

它的每个成员都在自言自语。

有一个社会，
被一种意识形态控制，在它的实践中，
仿佛集体是一池清水，个人是一汪腐水。

这个夜晚多么漫长：
伸着懒腰，用它的气息编织白昼的衬衣。

在光之前出发，
同它一起，或在它之后归来。

凤凰飞起，将城市夹在两翅之间，至今尚未归来。

从最初的黑暗中诞生了最初的光。
然而，太初有光。

光之手将开始为这个时辰点燃意义的火炭吗？

在现时的巅峰，我在四周只见到历史的雪，
因此，我教导我的身体成为火焰。

《安静，哈姆雷特：你能嗅到奥菲莉娅的疯狂》选译

(2008)

布满窟窿的被毯（节选）

我的孤独有多么美妙！
——并非因为它让我独处
而是因为它将我播种。

昨天，夜晚徒步前来看我，
似乎它不愿搭乘
星星搭乘的火车。

独自一人，
今天，在我忧伤的宅第，
我将快乐地守夜。

噢，太阳刚铺开它的手绢，
乌云就把它折叠起来。

我的梦不知道
往哪里放飞
它昨天在夜的森林里

捕获的鸟儿。

让我成熟吧,太阳!
把我采撷吧,夜晚!

思想,一旦与身体脱离,
就不过是草秸做的鸟儿。

只有语言,
是这寒冷的世上御寒的被毯;
语言,是布满窟窿的被毯。

好的,我将垂下房间的窗帘——
你有什么要告诉我的,
爱情!

情人啊，你私下还有另一个约会吗？（节选）

太阳啊，我不喜欢你长长的爪子。

今天，

地平线因为太阳而酣醉。

不必畏惧，

除非是有所畏惧的词语。

囚禁我的，

正是我的气息。

谁能否认

在水与火之间

将死亡也荡涤殆尽的爱情？

历史——

时光宫殿里的刽子手。

安宁是自然的状态,
焦虑是宇宙的状态。

你的脸,
是你忧伤之浪的堤岸,
你的眼睛是码头。

为什么,当大自然慷慨馈赠的时候,
诗歌却那么吝啬?

是的,我曾亲自体验过:
她的心是残酷的,
她的身体是玫瑰绽放的田野。

无穷?
有人用天空来衡量
(我无意如此),
有人却用身体来衡量。

云的翅膀,

开始在太阳面前扑动。

情人啊，

你私下还有另一个约会吗？

黑暗是一面镜子，

光明只能通过它才能看见自己的脸。

日子:草帽(节选)

天空,
是空气看守的监狱吗?

不要停滞,流淌吧,泪水!
不要让云彩
从身体的天空逝去。

诗歌滋养着我们,
同时也在吞噬我们。

白昼,也是一个女人。
对夜的身体作最简单的解剖,
就能证明此言。

我不知如何补缀
被我的心撕裂的身体。

我常常邀"确信"赴我的宴席,

它在席间发现的却总是“可疑”。

是的,我失去了信心,
我连大海都不再相信。

我活着——
我不懂得水,
火不能理解我。

爱情啊,
我为什么要把你引往
寸草不生的谷地?

无论从哪个角度审视这个时代,
你见到的都让你联想起灰烬。

日子,
从时光的头顶飞过,
如同草帽一般。

风啊，刮吧，帮助我们
在这冰雪的荒漠
燃起烈火。

“一切创新都是异端。”
这是历史证明的话语，
也被我们先人的生命所证实。
我向存有疑问的人发问：
“你能否找出一次
由虔信带来的创新?”

春天，我和风之间
有着由来已久的敌意：
每当它吹动田野的花草，
就带走芬芳，
却让尘土
弥漫我的双眼。

游戏,悲剧的初始(节选)

她问我:
“夜晚会做梦吗?
如果做梦,它真的会梦见白日吗?”

她给他写信:
“要没有我的虚幻,
你如何理解你的现实?”
她还写道:
“有另外一种黑暗,
一直是光明中旅行者的伴侣;
否则,旅行便成了一种退避。”

他给她写信:
“你的身体是露珠,
你的床笫是水仙。
所以,
我相信你的云彩,
却猜疑你的太阳。”

他在不停地游戏，
还总是念叨：
“游戏，是悲剧的初始。”

墨水的铃声，
回响在纸张的沙漠里。
那就是意义的标志吗？

有一个时代——
就连太阳，
也几乎成为了面纱。

昨天，
我看见黎明长了两个乳房，
我说：“这可以解释我的白昼。”
可是，你啊，云彩，且慢作出你的解释——
引导你的到底是哪一种疯狂，
让你在我的沙漠里只见到大海？

去注视乌云，

如同你在等待天启。

我恳求你,放慢脚步——
如果你有一天
途经一片玫瑰园,
尤其是能让云彩变得长寿的玫瑰园。

我如何收获我的岁月?
——它被永久地围困,
却拒绝向任何一个出口,
任何一个逃生之所,
投诚乞降。

《出售星辰之书的书商》选译

(2008)

诗歌的双唇印在巴格达的乳房上(节选)

(巴格达1969[①])

——今天,巴格达的灯光没有我昨天刚到时明亮。
难道连光,也萎靡不振了?
——小点声。这里每一颗星星都在算计着谋害它的邻居。
——小点声?你想让我跟死神那样说话吗?

政治有其庞大的市场,令所有别的市场艳羡。

声音从“绝对”的剧院里传出,
墙壁,连墙壁也在打着哈欠。

那次会议:
每一个人都在互相争斗,为了争当掌权者最善言的鹦鹉。

---

① 1969年,诗人随黎巴嫩作家代表团访问巴格达,对当时笼罩着伊拉克的政治、社会与文化氛围深感失望,遂以诗歌形式记录了自己的感想。将旧稿收入本诗集发表时,诗人特作说明:“这些随感并非针对作为整体的伊拉克人民,而是基于对统治者的印象而作。”

整个巴格达都是烟雾，
然而，火焰在哪里？

我第一次明白了：
底格里斯河[1]的左岸
是眈视其右岸的狼，
右岸则是眈视左岸的狼。

底格里斯的河水，几乎也在逃离它的两岸。

这里，生命把时间浪费在打听死神的行踪上。

为什么，巴格达的太阳每天升起时，
都要怀抱一个盲眼的儿童？

在巴格达，精灵，只有精灵，是饥饿者，乞讨者，失业者，被囚禁者
……

① 底格里斯河及幼发拉底河是流经伊拉克的两条著名河流。其中，底格里斯河贯穿巴格达城。

我能肯定:在这里,统治者的心思都用于编撰捕猎和驯服人类的百科全书。

我听见了什么?

是古宅的墙壁在窃语"只有回忆将我守护"吗?

你以为我在幻想?

此刻,我想说:

巴格达,一半是森林,一半是沙漠。

我想问你,朋友,悄悄地问你:

——1258 年的巴格达[①]和 1969 年的巴格达有何区别?

——前者被鞑靼人毁灭,后者正在被它自己的子孙毁灭。

咖啡馆,水烟犹如成串的葡萄,从只生长在幻想之地的树枝垂下。

一个老人以儿童一般的肺呼吸着。另一个老人在叹息,支吾,似乎无法形容在他肺腑间炽燃的火焰,也不知如何驱走始祖亚当留给他的苦难。

从咖啡馆里飘出一缕黑烟——这是倚靠着烟枪的人们的气息吗?

---

① 蒙古大将旭烈兀 1258 年率大军攻陷巴格达,阿拔斯王朝遂告灭亡。蒙古人也称为鞑靼人。

这是期待着另一个屋顶的梦想吗？这是另一个国度吗？
随着黑烟升腾的，是叹息和低语，如同现实和记忆间的浮桥一般：

既不清晰，也不朦胧。揣测的翅膀，在字母的网里扑腾。
在每一个“是”后面，隐藏着“不”。
在每一个“不”后面，隐藏着一块不知如何熄灭的火炭。
在这咖啡馆的表皮下面，涌动着拒绝的汪洋。

为什么巴格达只有一条道路，
而道路多得数不胜数？

大脑，似乎只是套在脖子上的绳索。

——巴格达是天堂！
——人，而不是地方，才是天堂。

鸟儿是树木的伤口。
那朵玫瑰，曾是日出和日落之间的一缕芳香，
现在却成了低垂的颈项，
破碎的眼睫，
没有闪电，只有无雨的云。

靠在旅馆的床头，
我听到朦胧的钟声传来
犹如从将要枯萎的椰枣树上垂下。
午夜十二点。
夜晚在底格里斯河面前不眠，
我似乎听见河水在咳嗽，河岸在哭泣。
夜啊，请提防我的黑暗。
你们啊，沉睡的幼发拉底河畔的城市，晚安！
在世事的托盘上，我掷出犹疑的骰子，我等待着，注视着，我发现世事有它们必胜的骰子。
我该做什么？我投降吗？我依然抛出问题，任由它像岩石一样滚回我身旁，将我压倒？
你呀，我的大脑，告诉我，你那里不知平息的飓风，自何处刮来？

诗歌的双唇印在巴格达的乳房上……
我离开了巴格达。我在幻想：城市有时会把变革的梦想抓起，把它悄悄地置于内宫，仿佛那是秘密的情人。
我想起：我在巴格达见到从未在别处见过的景象——词语端坐在筵席之上，吞咽着一切：肉类，膏脂，骨头，出生的人们，死去的人们，以及尚未降生的人们。

我还见到:语言如何变成野兽的大军。

在1969年的这一刻,当我注视着“伊拉克的领袖们”,我仍然难以分辨:他们是人?是鬼?抑或神灵?

或许正因为如此,在巴格达,我尽管身处阳光的怀抱,却必定要感受寒冷。

但是,但是——

诗歌啊,请把你的双唇印在巴格达的乳房上。

(贝鲁特,1969)

字典(节选)

玫瑰

我脱去了窗户的衣裳。在窗口左角,有一朵快要枯萎的玫瑰,如同一枚戒指,插在窄口的花瓶里。对着窗户的天空是裸露的。

阳光照进窗户,笼罩了玫瑰。于是,这花儿更显憔悴,并有了清瘦的花影。

但是,我还是希望:如果有可能,在这玫瑰的阴影里稍坐片刻。

枕头

天际向我伸出双手。

在此之前,这双手似乎在把玩长在太阳脸上、如同女人发辫一样的云彩。

我晃动枕着我过去的枕头。

我唤醒了"瞬间"的身体。

弹奏

没有什么,没有什么,

是微风在弹奏树木的吉他;

没有什么,没有什么,

是话语无法填满的空虚。

梦想吧,梦想吧,
梦想不过是处于哺乳期的真相。
问你自己,不要问我,
死路,只存在于你的大脑。
然而,几乎可以肯定:
诗歌神奇地挺起,如同自空中垂下的屋宇。

在这屋宇里,居住着一位名叫“意义”的迁徙者。

对话

——你的思想是云彩,是不知停泊何处的浮船。你能为我指出一处堤岸吗?

——可是,除了在云彩里,你还能发现明白的话语,以表达生命的朦胧吗?

——是否,正因为如此,每当我向云彩提出问题,它总以“无可奉告”作答?

朋友

他对我说：

“我从小受的教诲，是要以天空为友。今天却发现，我无法就任何问题和天空争论或对话。那么，这种友谊又有何用？”

——去游戏吧。不要停止游戏。游戏是天空之始。

意义

我诞生于摇篮，在我看来，这摇篮最适合的名字，是伤口。

于是，我用风拴起我的舟楫，我把事务托付给汪洋。

有一次我幻想：

我在收集海鸥的眼泪，把它注入波涛的水罐。

那么，时光，你这意义之蛇，你凭什么打听我的生活呢？

云彩

天空要我学习云彩的礼节。可是，为什么云彩挡了天空的脸，却不向它道歉？

这里，在我的住处，云彩常常端坐在时间的宝座上。我们四周，是倚靠着太空、相互碰撞的人们。

天空本身，也自云彩的怀抱降生；这是因为云彩对运气充满信心，从而掷出骰子吗？

这只飞过的乌鸦如同一片小小的云朵。我毫不怀疑，它的声音是球形的。

当我向光明发问："云彩阅读什么"时，光明为我的无知感到惊诧。

历史

太阳赤着脚行走，向升腾于海浪之上的蓝色音乐致敬。而海浪，却在倾听大海高声地朗诵诗篇。海鸥是在泡沫里闪亮的镜子。海浪倚靠着空气之墙，忽上忽下地翻滚。

"你并非属于我。"大海对从它体内渗出的泡沫如是说。那么，你该学会：只有当你成为向自我发起的一场战争，你才能成为自我。

无论在何时，无论你怎样眺望大海，你都能看到海浪穿着泡沫的鞋起舞；而海浪疲惫之际，便是它死去之时。

于是，我认为大海里有我的一段历史，我认为我的无知是透彻而活生生的，犹如水的无知一样。

夏之书(节选)

我听到墙壁靠在太阳的肩上叹息。

我看到石头和书本在拥抱。

我在空气中触摸到消逝的身体。

我的双脚踩着梦的痕迹,那梦的衣裳是我的眼睛参与编织而成。我看不见的事物将我彻夜守护,似乎要分担我能见之事物的负荷。但愿我的日子成为因爬行而疲倦的乌龟,但愿忧伤是一辆只能将我承载的辇车。

我有崇高的梦想。

而一切现实却是低下的。

是否因此,忧伤总挂在我的眼角?

诗歌不会行走,

除非是在深渊的边缘。

你如何要我在我自身以外远行,

我的内心还有我不曾认识的大陆?

我不问:“我从哪里来?”
我只问:“我往哪里去?”

我父亲在夏末的旅行中死去。
只有火焰,知道如何拭去他旅途的汗水。
火焰没有把自己的衣裳给父亲;
火焰给予父亲的,是它拥有的最美丽、最高贵的财富:裸露;
火焰把它自身给了父亲。

我的爱情,告诉我:此刻,是谁俘虏了你?

很久以前,
我把一匹骏马放养在树枝和谷穗之间我的梦中。
我知道马儿还在我原先放养的地方,我对此深信不疑。
时光是射出去又射不出去的箭,时光在稳定地运动,正如我们的邻居埃利亚人芝诺[①]所言。童年长着会飞的翅膀,同时又不会飞翔,正如诗歌所言。

---

① 芝诺(约公元前490—公元前425):诞生于古希腊城邦埃利亚(今意大利南部)的著名哲学家、数学家。其有关运动的四个悖论对后世辩证法的发展起过重要作用。

可是,我已不知道怎样才能找到那匹骏马。

在苹果树的眼里,树下坐着另一个牛顿。

突然间,他发现了另一种万有引力的原理:

1. 一朵花正越过植物的障碍,

向我凝视,并化身为一位女子。

2. 我把双脚搁在一块石头上,

门豁然洞开,我要把门后呈现的奇迹,讲述给尚未来临的童年。

3. 光的舟楫,只能载下儿童、飞鸟和鸟巢,

在太阳的岸边漫游。

有一段时间了,我的梦没有领我前往夏季的花园。

现在,我的梦只能四处流浪,

每当它坐下休息时,冬季便将它占为已有。

夏天啊,让我看看你的双手:

这鲜血,是从哪里流出的?

是的,我喜欢云彩的欲望,

胜过河流的美德。

海岸啊，忧伤曾经是你的芬芳，
在夏天的浪涛来临之前。

夏天啊，你我的身体，
是从同一枚谷穗中结出的。

门后的童年

1

当太阳把双脚搁在山的头顶，
怀抱着它的儿子——黎明，
降临到我们的村庄之前，
田间的风琴已准备好迎接太阳，
庄稼和树木已啜饮了夜间的最后一滴露水。
我要投身于你，黎明；
我要投身于你，田野。

2

从童年起，我一直觉得自己走在一条完全陌生的路上，也全然不知这路要把我带往何方。夏天的太阳，无论有多么纯净，都只是另一团朦胧。因此，从卡萨宾[①]——那朵我诞生于它阴影下的哭泣的玫瑰——开始，我的路从来就是摸索和犹豫，期盼和忐忑。我还记得：当我早晨用冷水洗完脸后，我是哼唱着类似祷告词的小曲，迈开脚步上路的。

我当时很快乐，不是真的快乐，而是在想象中。我想象着听到

① 位于叙利亚北部海滨的一个村庄，是诗人的故乡。

有人这样说:"路边的树木听到情人的脚步声，会随之翩然同行。"我还想象着听人这么说:"姑娘在闺阁的窗户里看到情人，会高兴地跳起舞来。"

而那路本身,却是崎岖无比,连山羊走起来都十分艰难。

3

自从你认识了自己的路,你真正的失落便开始了:你把双肩交付给谁?交付在哪一块空间?你把脸朝向何方?你的太阳又是什么?这种失落感,不会因为空气向你张开了双臂、青草同你娓娓而谈而减轻。

4

前行,不要停下,即便你不认识路。为你指明路的,不是停止,而是前进。

5

那时我们没有花园。我家门前的农田饱受干旱之苦,农田的双唇是干裂的,除非是在冬天。它的喉咙里,塞满了灰尘。

6

今天，当我回想起童年的时光，我仍然为自己感到惊讶。我生长在农民中间，生活在一个简朴的农村环境里。我从未听到哪个农民以担忧、恐惧的口吻谈起死亡。他们都在谈论死，好像那是另外一个春天。如果有人远去了，他们便说他又获得了新生。对那些已经在生活中体验了各种形式的死亡的人们来说，死亡，不过是普通的事情，寻常的消息。

我之所以惊讶，是因为我不解：那么，死亡为什么总是萦绕我心，挥之不去？我在童年为什么总对死亡念念不忘，好像它时刻都在等待我，在每一个脚步里、每一个动作中？

我不知后来情况是怎样转变的：我渐渐理解了村民们与生俱来的智慧，也学会了他们的智慧。我明白了：也许对于他们而言，存在是一个完整的结构，或者如同浑然一体的一首诗一样：生命是开端，死亡是尾声。在诗歌中，开端和尾声是同一朵浪花。

我的天性是属于冬季的吗？其余的季节都是一些表象的显现吗？

我这么问，是因为对我而言，死亡是宇宙的冬季；是因为我至今还对死亡念兹在兹，尤其是在夏天。

7

夏天的此刻，在这棵树下，在村里的孩子们中间，我想起了春天的一幕：

那是早春，我们奔跑雀跃着，要去抓住把双脚插在田野里的彩虹。

那一次，我在家门前的烟草地里看到了彩虹。彩虹由两端支撑着，一端就从这烟草地里拔地而起，另一端在我看来十分遥远，说不清到底插在什么地方。当时，太阳用透明的面纱遮住了自己半个脸，那面纱是灰色的，点缀着几道白色、黑色的线条。

烟草地里并没有兔子和蜘蛛网，这两样东西能让人联想起兰波[①]在某一个地方见到彩虹时的描述。

烟草也已经收割了。

地里只有一些小草和植物，温顺地躺在田野裸露的身躯上。

彩虹的斑斓色彩融合了周遭的颜色：绿色，红色，灰色，黄色，土色；也和围聚着观看彩虹的孩子们的眼神融合为一。

那时，细柔的雨丝从云彩的墨水瓶里飘落，仿佛那是写给田野的私信。

突然间，彩虹消失了。

---

① 兰波（1854—1891）：19世纪法国著名诗人，早期象征主义诗歌代表人物，超现实主义诗歌鼻祖。

我感到伤心。我开始寻找，我到想象中它拔地而起的那块地里，试图找到一点踪迹，但徒劳无获。

后来，乌云笼罩了天空。太阳躲进了它的床榻，到第二天早晨才重新露面。

那一整天，我都在等待彩虹再次出现，但它没有回来。我仿佛觉得：空气也由于为我伤心，而变身为一泊泪湖。

8

——听，冷冷的、缓慢的脚步踏进了热烈的爱情的门槛，忧伤如同刚满一岁的马驹，正在田野里奔腾。

——别害怕。童年之湖不会干涸。

——奇怪！仿佛他是在用这湖泊的肺呼吸一般。

9

农民如同为太阳遮阴的树木一样。一大早，他们就携着晨光，把它播撒在田地，尽管那个日子还是节日。

——“节日不是抵达。”一位农夫说，“节日是另一次旅行，在我们不停地想象、却不可能实现的事物中旅行。”

——“节日不是答案。”另一位农夫说，“不妨说，节日是以喉咙形式呈现的问题。”

——“节日是我们身体内被放逐的另一具身体。”

——“节日就是这片田野。”

——“农民，他们的脚步是涂抹在小路伤口上的药膏。”

10

童年里的某些东西依然在门后等我。每当我来到卡萨宾，我都有这种感觉。但我说不清楚那东西是什么。

你有一次说过：“我要在门后等你。”

那么，你就跟我的童年混而为一了。我如何将你们区分呢？

我并不期待时间会像贝壳那样包蕴着意义的珍珠。意义超越时间，从时间中溢出。时间，不过是个栈房。

那幅相片啊，让我和你融为一体吧。

这个早晨，我尚未接到大海的任何信息。

我的床头，已没有了夜的丝毫踪影。